● 現代英米児童文学評伝叢書 4 ●
谷本誠剛／原　昌／三宅興子／吉田新一 編

A. A. Milne

● 谷本誠剛　笹田裕子 ●

KTC中央出版

(By courtesy of the National Portrait Gallery, London)

現代英米児童文学評伝叢書 4

目 次

A. A. Milne

I その生涯――人と作品―― ……………………… 3
1．はじめに …………………………………… 4
2．幼少年時代 ……………………………… 7
ミルンの父と母／次兄ケンとの幸せな時代／
ケンブリッジ大学からフリーランスの道へ
3．ユーモア作家から劇作家へ ……………… 28
自立したプロのユーモア作家／
戦地で書いた最初のおとぎ話『昔あるとき』から劇作へ
4．児童文学者としてのミルン ……………… 39
ベストセラーになった幼年詩集『クリストファー・ロビンのうた』／
『クマのプーさん』の世界とその後の作品／
『ヒキガエル屋敷のヒキガエル』、そして孤独な晩年へ

II 作品小論 ……………………………………… 59
はじめに ………………………………………… 60
1．ミルンと幼年詩 …………………………… 61
2．ことば遊び――ノンセンス―― ………… 67
3．「プー」の世界――森の「魔法の場所」――… 73
4．人生の「最初の友」プー ………………… 77

III 作品鑑賞 ……………………………………… 81
年表・参考文献 ………………………………… 123
索引 ……………………………………………… 128
あとがき ………………………………………… 130

I

その生涯
― 人と作品 ―

Alan Alexander Milne

1．はじめに

　主に1920年代に活躍した作家A. A. ミルン（Alan Alexander Milne, 1882-1956）は、『クマのプーさん』（Winnie-the-Pooh, 1926）他の作品の作者として今も変わらずイギリスの児童文学を代表する作家である。たとえば、日本でいえば、2000年12月27日付毎日新聞掲載の8人の専門家による3冊の「二十一世紀の子どもたちへ贈る名作」によれば、二人がミルンの『クマのプーさん』を取りあげている。その一人松谷みよ子は「ミルンの書いたクマのプーさんの世界は、どんなに時代が変わろうと、森の中の小さな草原の陽だまりのあたたかさに満ちている。プーやコブタ、イーヨー、それぞれの個性がかもしだす絶妙の間合いがいい。そこに人生があるからである」という。また、今江祥智は「古いといわれようと、これだけの生命力と完成度とゆとりとユーモアをもつ一冊は少ない。子どもの時間にサヨナラする時期を描いて絶妙なのである」としている。それぞれによくこのミルンの代表作の特質をとらえている。

　もちろんミルンの評価は本国でも変わらず、「親であることの喜びの一つは、プー物語を子どもに読んでやり、それがどんなにいいものであるかをあらためて実感することである」とするJ. R. タウンゼンド（John Rowe Townsend）をはじめ、肯定的な評価は変わらず続いており、今もミルンの本は、分冊になったり、唄だけを集めたものなども含めて、大量に売れ続けている。それだけでなく、現代では『クマのプーさん』は、ディズニーのアニメで知っている者の方がむしろ普通になっており、縫いぐるみなどの玩具やティー・セットの類、カレンダーやバースデー・ブック、諸種のカードなど、いわゆる「プーさんグッズ」も世にあふれている。これはすでにミルン

ミルンが生まれ幼少時を過ごしたモーティマ街

生前からの現象であるが、ミルンの児童文学は現実に世界に広がる巨大な文化現象となっているのである。

ちなみに、『クマのプーさん』を素材にするディズニーのアニメについては、原作にある人間洞察の深さやアイロニーのない、センチメンタルで可愛さだけを強調する軽薄なものになっているとする批判が当初は強くみられた。しかし、近年では、間違いなく子どもたちが好むこのアニメを肯定的にとらえる声が主流になってきた。1966年の短編アニメ「プーさんとはちみつ」（Winnie the Pooh and the Honey Tree）から始めて、1977年には『クマのプーさん』の長編アニメができ、その後今日までアニメ化は続いている。ディズニーについては、原作を別なメディアに移行させることによって、おのずと別の作品を作ったと考えたい。

ミルンの代表作である『クマのプーさん』と続編『プー横丁にたった家』（The House at Pooh Corner, 1928）は、日本ではもっぱら石井桃子訳（岩波書店）で知られている。日本の子どもたちを念頭に置いた、こなれた名訳である。ただ、日本の子どもには馴染めない部分は省略してあるところもある。本書では、2冊の『プー』については石井訳を、2冊の詩集につい

ては、小田島雄志・若子訳『クリストファー・ロビンのうた』(When We Were Very Young, 晶文社、1978) と『クマのプーさんとぼく』(Now We Are Six, 晶文社、1979) を借りている。石井はまた、この2冊の本の中心人物の一人であるミルンの一人息子クリストファー・ミルン (Christopher Milne) の『クマのプーさんと魔法の森』(*The Enchanted Place*, 1974; 岩波書店、1977) も訳出している。これは作品のモデルとなった少年の視点から作品成立の事情を振り返ったものである。本書は最初にまず作家ミルンの伝記から始めて、作品世界に視点を広げていくものであるが、その中には当然クリストファーの見解も折り込まれる。

　また、ミルンの生涯は主に彼自身の自伝『*It's Too Late Now: The Autobiograpy of a Writer*』(1939; 原昌・梅沢時子訳『ぼくたちは幸福だった――ミルン自伝』 研究社、1975) をもとにたどっている。本文中の引用は、とくに断らない限り、この翻訳版からのものである。また、伝記を補うものとして、アン・スウェイト (Ann Thwaite) の『*A. A. Milne: His Life*』(London: Faber, 1990) と『*The Brilliant Career of Winnie-the-Pooh*』(1992; 安達まみ訳『クマのプーさんスクラップ・ブック』筑摩書房、2000) も適宜参照している。

2．幼少年時代

ミルンの父と母

　ミルンは晩年の『自伝』にタイトルをつけるとすれば、「時すでに遅し」(It's too late now) ということになるだろうと書いている。ミルンには「遺伝や環境によって作られた子どもが、大人になるのだ」という考えがあり、「どのような出来事や、環境、決意が、人々を作りあげているのだろう」と問うミルンは、幼年期こそが人を作るのだとし、そのことからして、大人になってしまったら「時すでに遅しなのだ」という。この言葉は、ミルンにとって幼年時代の持つ意味がいかに大きいものであったかを示している。一人息子のクリストファーが、父ミルンに著しかったのは懐古の情であり、「父は少年時代――彼のインスピレーションのすべての源であった少年時代――に帰る機会を得るために自伝を書いたのであった」（『クマのプーさんと魔法の森』p.262）としているのも、このことを裏づけている。

　ところで、自分の幼少年期に強い執着を示したミルンは、幼いころは父とのつながりが強い「父と子」であった。その「父と子」の関係は、形を変えて、後に一人息子であるクリストファーとの間で再び繰り返される。イギリスには、父と子のつながりの強さを示す例がしばしばみられる。ミルンもまたその一人であり、彼はみずからのこの二つの「父と子」の関係の中で、児童文学者としての作品を書いたともいえるのである。そういうことをみていくにあたって、まずミルンの家系をみることから始めたい。

　ミルンの父方の祖父は1815年にスコットランドのアバディーンに生まれ、やがて牧師としてイングランドにやって来

た人物である。その後宣教師としてジャマイカに出かけるが、そこでめぐり会った一人の女宣教師と結婚し、その地でミルンの父をはじめ4人の子をもうけている。やがて故国にもどった彼は牧師の職を退き、私立学校を始める。次々と12の学校を開いたが、結局年収は80ポンドを超えることはなかったという。当然一家の生活は楽ではなかった。それでも「天性の楽天主義者」であるこの人物は、神を信じ、善良なるものは神が守るという信条を持ち、生活には頓着しなかったようである。

祖父が1874年に死去したときには、未亡人と4人の子どもが遺されていた。この一家を、祖父の在世中から、実際の家長として支えたのがミルンの父である長子のジョン・ヴァイン・ミルン（John Vine Milne）であった。彼は苦学力行の人であったらしい。工場の会計係をやったり、見習い工などの仕事を転々としながら、ロンドン大学の文学士になるべく努力を続けた。「工務店で十二時間働いてから、父は自分の部屋に歩いて戻り、一時間かかって体をきれいにしてから、その日のほんとうの仕事、つまり学位を得るための勉強にとりかかるのです」とミルンは書いている。勤勉な肉体労働を送る生活の中で、いずれ精神的な世界で身をたてることを目指していたのである。

この父には、早くから教師の才能がみられたという。祖父の学校で、習ったばかりのことを年下の子どもたちに教えていたという父は、やがて自分でも教師として身をたてるようになる。しばらくすると、世に知られた予備学校の校長職を引き受けるまでになるが、やがて結婚すると、妻と二人でロンドンに出てヘンリー・ハウス（Henley House）という小さな学校を経営する。バリー（Barrie）、ケン（Ken）、アラン（Alan, 作家ミルン）の3人の兄弟が生まれるのは、父がこの学校を経営するようになってからである。

母サラ・マリア（Sara Maria）は、農家の娘で、「れっきとした小地主の出」であったとミルンは書いている。彼女もまた若い娘たちのための学校にかかわっており、自立して教師としての生活を送っていた。彼女がミルンの父ジョン・ヴァイン・ミルンと出会って結婚したのは、37歳のときであった。ちなみにこのときジョン・ヴァインは30歳。二人はジョン・ヴァインの時間をかけた求婚の後に結婚するが、それからというもの、彼女は夫に影のように寄り添い、夫の学校経営を助け、平和な家庭を営んだ。実際良妻賢母の鑑のような母は、「料理人よりも料理がうまく、小間使いよりも掃除がうまく、縫い子より繕いものがうまく、洗濯婦より洗濯がうまく、看護婦長よりも包帯を巻くことがうまい……」とミルンは書いている。毎日おそくまでミシンが動いていたともいう。父を神のように敬愛していたミルンの母親への思いは、父親に対するほど深いものではなかったようだが、それでも勤勉で、素朴で、愛情深く、おだやかで、ものに動じない母をミルンたち兄弟は愛しており、彼女は、健全で愛情あふれた家庭を営み、同時に常時住み込みの生徒を抱える私立校の経営を背後から支えたのである。

結婚した二人が1878年に最初に開いたヘンリー・ハウス校は、ロンドンの郊外の地ハムステッド（Hampstead）のモーティマー・ロードにあり、この高級住宅地の先には当時大きく野原が開けていた。学校は、大きな造りの二軒の家をあわせたもので、そこは同時にミルンたちの家でもあった。長男のバリーが生まれた1881年には、13人の寄宿生に、40〜50人の通学生がいたという。「私たちは随分貧しかったにちがいありません」とミルンがいっているように、最初は小さな学校から始めたミルンの両親は、次第に自分たちの経営する学校を大きくしていき、後には別な地に学校を移すことになる。教師として優れた父は、結果的に成功した学校経営者となるのである。

ミルンたち兄弟にとって、学校であり、家庭でもあるこのヘンリー・ハウス校については、その部屋のありようなどをミルンは実に詳しく『自伝』で書いている。「大好きな父と、父ほどではないが愛している母」のもとで過ごしたこの時代は、ミルンにとってまさに思い出深い幼年期であった。父ジョンの開いたこの学校は、当時金儲けのためのいかがわしい私立学校が少なくない中で、実に良心的なすばらしい学校であったという。(Ann Thwaite, *A. A. Milne: His Life*) ジョン・ヴァインは、階級や見かけで人を区別することがなく、その教育方針は、旧来の教育理念にとらわれることのない、先進的な子ども中心のものであったというのである。

　ジョン・ヴァインの優れた実践例としてスウェイトがあげるのが、ふだんは引っ込み思案の生徒が学校雑誌を出すことを申し出たときにすぐに受け入れたことである。この生徒はアルフレッド・ハームズワース（Alfred Harmsworth）といい、後にジャーナリズム界の大御所となって、貴族に列せられるまでになる。ただミルンは、『自伝』の中で唯一この人物だけは批判的に書いている。後に筆で立とうとしたミルンは、父のたっての要請でこの人物に会いに出かけるが、この大物の態度はどうやらよくなかったのである。ともあれ、このハームズワースの始めた『ヘンリー・ハウス・スクール・マガジン』（*Henley House School Magazine*）は、幼いミルンや次兄のケンが最初に文章を載せたことでも注目される。

　家庭が学校でもあるという環境で育ったアラン・ミルンは、6歳と8ヶ月のときに、次兄のケンとともに父の経営する学校に入っているが、それ以前の彼の家庭環境はどのようなものであったのか。まず幼いミルンにとって、父は神のような存在であった。彼は、「父は私がいままでに知ったうちで最良の人間でした。」と『自伝』の中で父を神にたとえている。ただし、

父が神様と違っていたのは、内気であったことと、ちょっと変わった人間であったことだけだったとも書いている。父にはときに極度に内気なときがあり、風変わりなところもあったのである。それでもその種のことを大人になってから回想するミルンの筆には、愛情と尊敬と、深い共感が込められている。

　父の内気さは、どちらかといえば自立心が強く一人でいることを好んだミルン自身が受け継いだものであるとも思われる。おおらかな人間である半面、父ジョン・ヴァインには、自分の経営する学校の収支をきちんと記帳する几帳面さがあったが、このことは後にフリーランス・ライター（自由寄稿家）として身をたてようとしたミルンが、年毎の収入を細かく記していることに通じている。この金銭的な細かさはスコットランド人気質といえるものかもしれない。父方の祖父のことを念頭に置いて、ミルンは自分には4分の1のスコットランドの血が流れているとしているが、幼年期の環境が人間を決定するというミルンは、おそらくこういうことも念頭に置いていっているのであろう。

　父親に関する幼年期の記憶として、ミルンは毎晩父親から本を読んでもらったことにもふれている。就寝前のストーリーテリングは、イギリスの中流階級の家庭におけるいわば伝統といえるものであるが、父の読み、語る話を聞くことは、ミルンたち兄弟にとって、忘れがたい体験だったのである。後年になって自作につけたシェパードの挿し絵を見たとき、ミルンは父に読んでもらったジョエル・チャンドラー・ハリス（Joel Chandler Harris, 1848-1908）の『リーマスおじさんのお話』（Uncle Remus: His Songs and His Sayings, 1880）や、『キツネのレナード』（Reynard the Fox; 1481年という早い時期にW.キャクストンが翻訳、出版している）などの動物物語が自分たちにどういう意味を持っていたのかということをはっきり想い出し

たと書いている。また、父の留守中に家庭教師兼乳母のミス・ビー（Miss Bee）が同じ話を読んでくれたとき、まるで調子が違うことに彼らはとまどったが、もどってきた父が3行読んでくれたとき、たちまちその話は息づくものになったともミルンは書いている。

『クマのプーさん』の中に「お話してもらうときのは、ほんとのお話で、ただ思いだすのなんかと、ちがうんだもの」（'Because then（=when we have the story told）it's a real story, and not just a remembering'）とクリストファー・ロビンが語るところがある。この言葉にはミルン自身の幼時の体験が踏まえられているのである。後にミルンが、父が子に語るというスタイルで作品を書いたとき、そのモデルは、まさにこの他ならぬ自分自身の幼年体験にあったといえるだろう。

なお、母親について、ミルンが「父親ほどではないが、愛する母」という言い方をしているのは、一つには、当時のイギリスの中流家庭では母親が育児には直接かかわらなかったことと関係している。現実に、あまり年の違わないミルン家の三兄弟には、3人がともに憧れたという乳母兼家庭教師のミス・ビーがおり、彼らの生活においては、実はこのミス・ビーの方がずっと重要であった。「家の居間の下には、子ども部屋と呼ばれる部屋があって、私たちはこの部屋でバッド先生（Miss Budd）の幼稚園を終えるまで、彼女と一緒に食べ、生活し、勉強をし、遊んだのです」とミルンは書いている。彼女が結婚して去ると、孤児になったとまで感じたのがミルンたち兄弟であった。ミルン家でも、通常ナース（Nurse）と呼ばれる乳母が子ども部屋（Nursery）の主宰者となり、もっぱら子どもたちの面倒をみたのである。彼女の去った後、しばらくいとこにあたる親戚の女性が彼らの面倒をみたこともあった。

ただ、ここで付け加えるべきことは、幼いミルンたちの生活は、規則的な日課で子どもたちの生活を拘束する、ヴィクトリア朝的な「子ども部屋」の生活だけに閉ざされたものではなかったということである。彼らには、もっと広く彼ら自身による戸外の活発な活動や冒険の世界が開かれていた。当時の風習もあって、ミルンたち兄弟は、おかっぱ頭の小公子セドリック風の服装をさせられるということはあった。しかし、ミルンはいつもケンとともに朝早くに家を抜け出して冒険的な散策に出かけており、また父ともしばしば山野を歩き回る長いホリデーに出かけた。彼らには、父親や男兄弟どうしの自由でのびのびとした日常の冒険の世界があり、それが後のミルンの創作の背景になっているのである。

次兄ケンとの幸せな時代

　3人の兄弟の中では、ミルンが「悪役」と呼んでいる長兄のバリーとは距離があり、逆にいつも行動をともにした次兄ケンとは、まさに一心同体といえる関係にあった。いつも一緒にいるケンとアランは、「だれかと喧嘩しているときなど、どちらか区別がつかない」ほどであった。『自伝』の中心をなすのは、彼らがともにどのように行動し、どのような想いを心に紡ぎ出していたかを述べるものである。「僕たちは、切り離しがたい関係だった。もちろんお互いに喧嘩もしたが、お互いが必要だという気持ちを持たなかったときはなかった。僕たちは、同じことを信じ、同じ知識と野心、同じ希望と恐怖を分かち合っていた。」(Ann Thwaite) たとえば、アランはケンとともに二つの白日夢を見ていたという。一つは、海軍の見習士官になることで、二人はそのためによく歩調をとって長い道のりを歩いた。いま一つは、朝起きたら彼ら兄弟だけを遺して世界中の人が死んでしまうという夢想であった。これは「実際あらゆる少

年のもつ無人島の夢の変形」であるとミルンはいっている。

　二人がそろって朝早くに外出したことは、「アランとぼくとはしばしば五時に起きて外出、五マイルか八マイルばかり散歩したものだ。」(『自伝』p.86) という兄のケンの記述にみられる。小さな日常の冒険を重ねるそうした日々の散策では、地質学用のハンマーで鉱石を掘り出したり、あるいは少年らしく、蝶や虫などあらゆるものを収集したりもした。掘り出した鉱石を地質学者に見せに行ったりもしている。彼らは彼らなりに「小さな科学者」でもあった。彼らが父親とともに山野を散策する小旅行にも出かけたことについては、「出来る限り自然のなかに出て、目にするかぎりのものを見るのだよ。自然は、この上もなくすばらしい見せものを、いつも目のまえに無料で展示しているのだからね。」という父の言葉を『自伝』に記している。そういう父親のもとで、幼い二人は、自然の中で、自立した、自分たちだけの想いのときを持ったのである。それは子どもならではの純粋な好奇心に支えられた、「熱中家」(enthusiast) としての体験であった。

　二人の散策には、いつもブラウニー（Brownie）と名づけられたゴールデン・セッター犬がついていた。ブラウニーは、あるとき野生のネズミを掘り出した。長く飼ったそのネズミが亡くなったとき、二人は家の前庭のゼラニウムや、サワギキョウや、キンチャクソウの間に葬ったとミルンは記している。(『自伝』p.66) ミルンの幼年詩集『クリストファー・ロビンのうた』にある「ネムリネズミとおいしゃさん」("The Dormouse and the Doctor") という詩のもとになったエピソードである。また、「子いぬとぼく」("Puppy and I") という詩は、このブラウニーがモデルになったものではないかとアン・スウェイトは推測している。「丘でころがってあそぶんだ」("Up in the hills to roll and play") というフレーズのあるこの詩など、確

かに愛犬とともに活発な幼年期を過ごしたアランとケンの姿を思わせるものがある。

さて、7歳に近くなったところで、アランは父の学校に入ることになるが、勉強に関してはアランは早くから優秀な子どもだったらしい。長兄のバリーが5歳、ケンが4歳、アランが2歳半のときだった。上の兄たちに父が読み書きについての質問をしたとき、彼らは答えられなかったが、何も教わらないはずのアランだけがその答えをすぐに口にした。これが「ぼく、できるよ」（'I can do it.'）というセリフで知られるエピソードである。アランは学校（といってももちろん自分の家にある学校である）に通うようになっても、常に兄たちをしのぐ成績をあげ、早熟になることをおそれた両親は勉強を一時やめさせるほどであったという。しかし、勉強をやめるとアランは体調を崩してしまい、そこで再び勉強を始めさせると、たちまち回復したというのである。

アランは、「ぼく、できるよ」というエピソードが示すように、利発であり、どちらかといえば前に出るタイプであった。このアランを、何の嫉妬心もなく、よく受け入れたのがケンであった。「ケンは、弟の方ができるということを学校ではいわれつづけた。しかし、ケンには確実に自分にはないものがあった。ケンのほうがはるかにすばらしい人間で、やさしく、思いやりがあり、心の広い、人に愛される性格だったのだ」と繰り返しミルンは書いている。実際この兄とのかかわりなしにミルンの幼少年期は語れないのであり、尊敬する父や、この兄とともにあった子ども時代こそミルンにとっての黄金時代だったのである。ケンには父も期待する文才があり、ケンとアランは早くから一緒にパロディの詩を書いており、兄弟による合作は、アランがケンブリッジ大学に進んだころになってもまだ続いていた。

さて、自分たちの家でもある学校に通うようになると、寮生と通学生の間の争いに加わったりといったことが始まるが、アランが父の学校の生徒であったときの出会いとして注目されるのが、後に著名な作家となるH. G. ウェルズ（Herbert George Wells, 1866-1946）が、理科の教師としてやってきたことであろう。H. G. ウェルズについては、ミルンは「彼が常に父に対して抱いてくれた愛情に感謝している」と書いている。ウェルズは、たくさんの資格を持つ優秀な教師として父の学校で歓迎され、また学校の出来のいい生徒をつれて近くの丘の地層を見に行ったり、植物園や博物館に連れ出したり、解剖を見せたりしたらしい。ただ、「ウェルズは、教師であるには頭が良すぎたし、忍耐もたりなかった」とも書いている。それでも幼いミルンがこの人物と出会った意味は大きく、大学で数学を専攻するきっかけを作ったのもウェルズであり、後に文筆家として身をたてようとしたときも、彼は適切なアドバイスをおくっている。

　このように一心同体となって幼年期と少年期をともにしたケンとアランの兄弟にも、やがて一つの転機が訪れる。ケンがウェストミンスター校（Westminster School）というロンドンの中心部にあるパブリック・スクールの奨学生に合格し、家を出て学校に行くことになったからである（長兄のバリーはまだ父の学校にとどまったままであった）。それに先だって、ケンはおかっぱ頭を刈り上げることになるが、そのときアランは、「はじめて、ケンと切り離され、一人取り残された」気持ちを味わう。兄を送り出したアランは、2ヶ月たつと休みになって兄が帰ってくるまで、彼自身も勉強に打ち込む。その成果があって、翌年最年少で同じウェストミンスター校の奨学生に合格する。彼もまた、髪を切って、家を出ていくことになったのである。

いよいよ家を出るときの気持ちは、次のように『自伝』に記されている。

> 勇敢で、内気で、少しこっけいなパパ。そしてユーモアと知恵と、つきることのない善意をもつパパ、さよなら。これからは私たちはお互いに離れて成長するでしょう。……私が十二歳になるまで私はあなたのものでした。そしてもし私のなかにあなたの好きな要素とか、あなたを誇りにしたいことがあるとすれば、それはあなたのものだったのです。ありがとう、パパ。(pp. 121-22)

> Farewell, Papa, with your brave, shy heart and your funny little ways: with your humour and your wisdom and your never-failing goodness; from now on we shall begin to grow out of each other . . . you had me until I was twelve, Papa, and if there was anything which you ever liked in me or of which you came to be proud, it was yours. Thank you, dear. (p. 85)

こうして、振り返って、ミルンの人生においてもっとも重要だった一つの時期が終わるのである。ちなみに、アランたちがウェストミンスター校に入るいきさつについては、父ジョン・ヴァインは次のように書いている。「あのころは週末によく徒歩旅行にでかけました。あるときケンブリッジ大学を訪れると、子どもたちは３人とも印象にのこったらしく、ケンブリッジ大学へいきたいといいだしました。 私は大学と大学につながるパブリック・スクールへ子どもを入学させるにはとてもお金がかかること、３人も子どもがいるうえに、私は裕福ではないのだから、そうはしてやれないこと、でも勤勉に勉強すれば、奨

学生になって入学できるかもしれないことなどを説明しました。結局ふたりの息子は、ウェストミンスター校で奨学金を支給されました。特にアランは11歳半で奨学生になり、学校始まって以来の最年少の奨学生になりました——この記録は今日まで続いています。」

　父はまた、「アランの数学の才能に注意するように喚起してくれたのがH. G. ウェルズ氏であった」とも書いているが、事実ウェストミンスター校でも、アランの数学の成績は当初ずば抜けて優れていた。16歳から18歳までの少年を除いて、12歳のアランは学校中で数学がトップだったと『自伝』に記している。当然兄のケンの方が成績が悪かったことになるが、ただミルンは、「私の受けている授業で負かすことのできるものは全部負かしたあとでは、それ以上勝利感や野心をかき立てるものはありませんでした。私はいまやずっとケンと一緒でした。私たちはいっしょに満足して怠惰に腰を落ち着けたのです。」（『自伝』p.128）と書いている。その後で、「私の教育は進んだ」と書いているのは、クリケットの正選手を目指している生徒の成績をあげるために、いかに彼のカンニングに協力するかといったことであった。そういうパブリック・スクールでの生活が始まるのである。

　このように、始め数学で抜群の成績を残したアランであったが、最初に家に送られた成績の評価は芳しいものではなかった。実は、その家庭通信が送られた後にアランは抜群の成績をあげたのだが、そのことを父に告げたとき、父が信じたのは学校の報告の方であったらしい。このことが、アランに心の傷を残すことになったとスウェイトはいう。ミルン自身は、先のように「数学でトップの成績を残したあとは、それ以上勝利感や野心をかき立てるもののない勉強からは遠ざかった」と書いているが、この出来事が学校や体制というものへの不信感を彼に植え

つけ、自分だけが信じるものを頑固に追い求めることへと導くことになったというのである。つまりは、仲間と群れたり、体制の価値観に盲従したりすることなく、みずからの信じるもの、欲するものを追い求める作家への道をたどり始めたということになる。

　ただし、全体としてはミルンは7年間の寮生活を送ったウェストミンスター校にあまり不満をもらしていない。食事のまずかったことや、それを兄のケンと小遣いをやりくりして切り抜けたことなどを書いている程度である。後年「もっともっといろんなことを教わっていたらな——」とも書いているが、「他の学校にいっていたらな——」とはいっていない。よくある文学者タイプの生徒に対するいじめもなかった。スポーツに打ち込んだり、絵を描こうとして挫折したりしながら、もっぱらケンとときを過ごすことで幸せといえる学校生活を送るのである。週末や休暇に帰省し、ケンと朝早く長い散歩に出ることも変わりはなかった。休暇中に学校にとどまったときは、実に自由に過ごしたことなども『自伝』の中で懐かしそうに彼は振り返っている。晩年にはこの学校にかなりの額の遺産を寄付している。

ケンブリッジ大学からフリーランスの道へ

　さて、後の作家という視点でみると、まずこのウェストミンスター校でミルンが週末や授業以外のときに図書室で過ごした「浪費された時間」は貴重であった。ジェーン・オースティン (Jane Austen, 1775-1817) の『自負と偏見』(*Pride and Prejudice*, 1813) は生涯の愛読書になったし、ディケンズ (Charles Dickens, 1812-70) なども読み込んでいる。また、後年のミルンのありようを決定づける二つのことが、この学校時代に生じている。一つは、ケンとともに「ライト・ヴァース」(light verse) を書き始めたことであり、いま一つは、ケンブ

リッジの学生の出している風刺雑誌『グランタ』(*The Granta*) をたまたま目にしたことである。滑稽味を持ち味とするライト・ヴァースを作り始めていたミルンは、この雑誌にひどく心を惹かれ、上級生の一人から「君はケンブリッジに行って、『グランタ』を編集すべきだよ」と言われると、即座に「そうします」と答えている。この『グランタ』誌との出会いが、後のケンブリッジ大学進学の意思につながり、ひいては文筆の道に進む直接のきっかけともなったのである。

　ミルンがケンと「ライト・ヴァース」と呼ばれる滑稽を持ち味にする軽快な詩を合作するようになったきっかけは、次のようなことであった。あるときインドから来ていた親戚の二人の姉妹の一人が、ケンに詩を送ることになり、それをミルンに見てもらうことがあった。ケンはそのときすでにウェストミンスター校を出て、ウェイマスで司法書記の仕事についていた。送られてきた詩を見たケンは、他人の手が加わっていることにすぐに気づき、弟のアランが書いたこともわかって、「そうか、おまえもこういう詩を書くのか」と言ったという。それからは二人で、合作の「ライト・ヴァース」を作り始め、A. K. M. というペンネームの合作は、ミルンがウェストミンスター校を出て、ケンブリッジに進んでからも続くのである。ここで、当時のケンとアラン合作の作品の一節を引いてみよう。

　　おじさんは『アヒルに寄せるうた』がお好きかも知れない
　　やすみなくアヒルをほめたたえるうた
　　アヒルに生まれ、アヒルとして生き、神のさけがたい定め
　　によって　アヒルとして死ぬ　その生涯のほめうたを

　　Perhaps you would fancy an "Ode to an Eider-duck"
　　Telling his praises with never a pause:

How he was born a duck, lived——yes, and died a duck,
　　　Hampered by Nature's inscrutable laws.

　これは父と同じく学校を開いていた叔父さんの学校誌に詩を書くように頼まれたとき、それではこんな詩を書きましょうかと、ややふざけた調子の詩形でアイディアを列挙したものである。この詩に関しては、最後の行は最初「神秘的な神の法則」（Nature's mysterious laws）になっていたが、神の法則に神秘的というのはおかしいとケンが言ったことで現行のものに直し、他のところでは自説を通したなどとミルンは書いている。こうして言葉の一つ一つを選び抜いた滑稽詩が作られたのである。この軽妙な詩の背後にはおのずと深い人生観といえるものがひそんでおり、もちろん完璧といえるリズム感覚も備わっている。後にみずから「真剣に作ったライト・ヴァース」と呼ぶ児童詩で世に知られるミルンは、早くからその優れた才能をみせていたのである。（ライト・ヴァースについては、「作品小論」pp.62-65を参照。）

　さて、ミルンの『自伝』には、幼少年期の記述に比べると、ウェストミンスター校からケンブリッジ大学に進んだころの記述はあまり多くない。一度奨学金の試験に失敗した後、二度目に受かって、1900年の秋学期から18歳のミルンはケンブリッジのトリニティ・コレッジ（Trinity College）に入るが、それからは「講義に出席し、礼拝をさぼり、朝はできるだけ遅く起き、見知らぬ客の訪問をうけ、はじらいつつ応対したりし、また、一年生のクリケットの試合で左翼手をつとめたり、ギリシャ悲劇『アガメムノン』（*Agamemnon*）で物言わぬギリシャの処女の役を演じたりした」などという生活が始まる。ただし、同じ学年にいたレオナルド・ウルフ（Leonard Woolf, 1880-1969; 作家ヴァージニア・ウルフの夫で、後に文学サーク

ル「ブルームズベリーグループ」を結成）に出会っているものの、そのことはミルンは何も書いておらず、伝記によれば何人かの女性とも出会っているが、その種の記述も『自伝』にはない。書いているのは、もっぱら学内の『グランタ』誌とのかかわりであり、そのために肝心の数学の勉強は犠牲にならざるを得なかったということについてである。

　ミルンはケンとの合作を毎週『グランタ』に投稿していたが、入学して二番目の学期にそれが採用される。それとは別にケンはケンで勤め先の地元の新聞『ウェイマス・タイムズ』（Weymouth Times）に投稿するが、こちらは没になったようである。二人の合作で、最初に採用されたのは俗謡調のノンセンス詩であった。その後二人は『グランタ』の常連の寄稿家になるが、やがて1902年の春学期から、誘われてミルンは『グランタ』の編集を引き受けるようになる。それを聞いた数学の指導教員は、「君には学位が期待されているが、そのためにはもっと力をいれて勉強しなければならないはずだ」と『グランタ』にかかわることに強く反対したという。しかし、ミルンは一日6時間勉強することを約束して、自分の意志を通したのであった。ただし、結局数学の教授との約束は守り得なかったとミルンは書いている。

　ミルンが編集にかかわるようになった『グランタ』が毎週きまって載せる記事は、論説や、ユニオン（学生の組合）の活動報告、運動部の活動の報告、それに演劇評などで、残るページはもっぱらユーモアのある記事や詩で埋められていた。ケンはそこに新たに「対話シリーズ」を始めた。それは「ジェレミーとぼくとクラゲ」（"Jeremy, I and the Jelly-fish"）という題の作品で、「タイトルはわざと意味のないものにした」という、とりとめもないことば遊びともみえる軽妙な対話からなっていた。そしてそのシリーズに関して、なんとロンドンの名だたる

風刺雑誌『パンチ』(*Punch*)から問い合わせがあったのである。その手紙には、対話シリーズを高く評価する言葉とあわせて、執筆者の名前をたずね、その気持ちがあるなら仕事の機会を用意したいと書いてあり、差出人は、ケンブリッジ大学の『グランタ』の創始者で、『パンチ』の前編集者、現役員であったR. C. レーマン(Rudie C. Lehmann)であった。

　ミルンがこの手紙に大いに喜んだことはいうまでもない。著名なロンドンの雑誌、中でも一世を風靡している『パンチ』誌から声がかかったのであるから、これはアン・スウェイトも書いているように、まさに「世にありえないおとぎ話」といえる出来事だった。レーマンは、一見とりとめもないことば遊びともみえる作品に、人をひきつける煌めくような才を認めたのである。ときにミルンは弱冠20歳。ここで彼の将来の進路はおのずと決まったといえるだろう。『パンチ』誌からの便りが、「私を文官、学校教師、公認会計士、そのほか私が従ったかもしれないすべての職業から引き放し、著述業へと導いたのでした」(『自伝』pp.197-98) と書いている。

　こうしてミルンの目指す道は定まった。

　　私はケンブリッジに在学中、幸福でした。それに『グランタ』を編集していたのです。その幸福の上に陰るたったひとつの雲は優等試験でした。もうふたたび試験をうけることなどないとすれば、私はこのまま幸福でありつづけたことでしょう。私は歴史の頁をもう一頁めくりました。そして眼を閉じました。どうしてか私は文官勤務になる自分の姿を見ませんでした。(『自伝』p.211)

　　I had been happy at Cambridge, and I had edited *The Granta*. The only cloud over my happiness had been the Tripos. If I never did examinations again, then I could go on being happy. I turned over another page of history and closed my eyes. Somehow I didn't see myself getting into the Civil Service.（p.150）

　ただ、レーマンの誘いにもかかわらず、在学中に作品が『パンチ』に採用されることはなかった。現実には、ミルンは数学の優等試験のために全力をそそいでおり、結局それが無理だとわかって、ようやく父に文学の道で立ちたいと告げている。役人になり、末にはナイトの称号を得ることを望んでいた父の失望は大きかった。しかし、それがかなわぬとわかると、父は今度はミルンに自分の後をついで学校を経営することを提案し、「まず一年目はドイツに留学して教育学を勉強し、……最後に学校の経営権を兄たちから買い取る」という具体的な人生計画まで示した。ジョン・ヴァインらしい具体的で細かな配慮であったが、ミルンのこたえは、「僕は作家になりたいのです」というものであった。

　「まずロンドンに行って……それから書こうと思うのです」とミルンは父に告げる。そこで父は、これまで子どもたちの学費にはそれぞれ1000ポンドかかっていることを告げ、ミルンのために遺されたお金として320ポンドを差し出す。これなら2年間は生活できると考えて（実際には1年半をこのお金で暮らした）、大志を抱いたミルンはロンドンに出ていくのである。

　ケンブリッジの学生生活の最後には、兄のケンと無謀ともいえる計画のもとに登山をし、危うく命を落としそうになるが、なんとか予定どおり登山を終えたことをミルンは記している。ケンとの「ライト・ヴァース」の合作も、ミルンが『パンチ』から手紙を受け取ったあたりで終了する。ただ、二人が協力して「ライト・ヴァース」を書いたことや、ミルンが在学中に風

刺作家サミュエル・バトラー（Samuel Butler, 1835-1902）を読みふけったこと、シェイクスピアの会に誘われて、シェイクスピアやその他の作家の作品の朗読を重ねたことなどが、後に軽妙なセリフ運びで知られる劇作家として世に出るミルンの修業の場になったことはいわねばならない。

　ロンドンに出てからのミルンは、下宿屋に寄宿し、諸種のジャーナルに売り込むための原稿を書き始める。「食事以外のときは、私はいつも書いていましたし、千語書かない日はなく、原稿をあちこちの新聞に送りました」という勤勉な執筆生活に入るのである。このころ、あることで父に援助してくれることを求めて、父の学校の卒業生でジャーナリズム界の大御所になっているハームズワースを訪ねているが、不首尾な結果になったことで苦い思いを抱いた。ハームズワースは、原稿を売り込むのに苦心しているミルンに力を貸してくれるように父が頼んだときも、月並みな返事しかしていない。一方、父の学校の教師をしていたH. G. ウェルズからは、「まずクラブに入らねばならないこと、ロンドンのあらゆる新聞や地方の新聞を読むこと」などを勧められる。事実そのようにしながら、ミルンは原稿を送り続けた。文筆家として立とうとするミルンのウェルズとの交流はこの後も続いた。

　ミルンのフリーランサーとしての投稿生活は最初は必ずしも順調にいったわけではなかった。当初の見込みと違って、3ヶ月たって稼いだのは5ポンドにすぎなかったし、『パンチ』の寄稿者への道も遠かった。最初の1年が過ぎた後にも20ポンドを稼いだにすぎず、郊外の安い下宿に移ったりした。それでもミルンは希望を失うことなく原稿を送り続けた。やがてほどなく一編の詩を『パンチ』が取ってくれることになり、それがきっかけで『パンチ』の常連の寄稿家の仲間入りをする。他の新聞や雑誌にも次々と書いて、次第に独り立ちの生活に入って

いくのである。1903年10月、作品がようやく採用され始めたころ、ミルンはシャーロック・ホームズをもじったエッセイを『ヴァニティ・フェア』誌（Vanity Fair）に送ったが、それが採用されたとは知らないまま、ケンと待ち合わせていたレストランでその記事を目にした。読み始めは同じことを先に書かれてしまったと思った。やがてそれに自分の署名があるのを見つけると、最初はロンドンのだれでもが読める雑誌にエッセイが載ったことで、周りのものに注目されているような恥じらいの気持ちをおぼえ、やがてそれが爆発する喜びに変わったと書いている。もちろんその日はケンとともにその喜びを分かち合ったのである。

ミルンの執筆生活は順調に波にのったといえるだろう。年収が120ポンドを超えたあたりで生活の目途がたち、さらには、24歳で憧れの『パンチ』誌の編集助手に誘われる。こうなると年収も500ポンドを超えて、立派に暮らしていけるのである。『パンチ』の仕事は忙しかったが、青年ミルンは毎日が充実して幸せだった。

> その頃の世の中は今日ほど呪わしいものではありませんでした。創造力に富んだ若者が幸せになることを恥じないで、幸せになることのできた世の中でした。私はとても若く、とても快活で、自己を信じ、未来を信じました。自分の仕事を愛しました。余暇を愛しました。そして私以外の楽しげな家々の、楽しげな人びととともに、長い週末を過ごすことを愛したのです。私は恋を愛し、恋を失うことを愛し、ふたたび自由になり、恋に落ちることを愛しました。（『自伝』p.277）

The world was not then the damnable world which it

is to-day; it was a world in which imaginative youth could be happy without feeling ashamed of its happiness. I was very young, very light-hearted, confident of myself, confident of the future. I loved my work; I loved not working; I loved the long week-ends with the delightful people of other people's delightful houses. I loved being in love, and being out of love and free again to fall in love.（p.197）

　このころに『パンチ』に寄稿したものは、1904年に初めて採用された投稿原稿から始めて、1906年までにエッセイや詩30編になり、それをミルン最初のエッセイ集である『その日の遊び』（The Day's Play, 1910）にまとめている。この本はパロディを得意とするミルンらしく、著名な作家キプリング（Rudyard Kipling, 1865-1936）の『その日の労働』（The Day's Work）という本のタイトルをもじったものである。そのころ『パンチ』の編集をやっていたE. V. ルーカス（E. V. Lucas）は、その本をキプリングに送ることを提案した。しかし、結局ミルンは自分の憧れる作家であるJ. M. バリ（James Matthew Barrie, 1860-1937）に送り、バリからは「すてきな感謝の手紙」が届いた。これをきっかけにミルンとバリの交流が始まる。やがて劇作家として世に出るミルンにそのきっかけをもたらしたのがこのミルンの敬愛する劇作家バリであった。

3. ユーモア作家から劇作家へ

自立したプロのユーモア作家

　最初の本を出した1910年から、ミルンは『パンチ』の正式な編集者になり、編集会議に加わることになる。「プロのユーモア作家」として、直接雑誌づくりにかかわるようになったのである。『パンチ』の編集会議のテーブル、いわゆる「パンチ・テーブル」（Punch Table）は、歴代の編集者が名前を刻み込んでいるという由緒あるものであった。そこに自分の名前を刻み込んだミルンは、当初自分を見出してくれた名物編集長であったオーエン・シーマン（Owen Seaman）や、その後を継いだE. V. ルーカスのことなどを敬意と愛情を込めて『自伝』に記している。とりわけ「仲間から人間としてもっとも敬愛されていた」ルーカスの思い出には、深い敬愛の念が込もっている。

　ミルンは、『パンチ』の編集委員として多様なテーマをとらえて、ユーモラスな筆でたくさんの作品を書き続けた。後のミルンの作品に直接つながるものとして、『パンチ』誌で好評を博した「マージャリー物語」がある。マージャリー（Margery）とは、兄ケンと妻のモードの間に1906年に生まれた最初の女の子マージョリー（Marjorie）の愛称であり、彼女をモデルにしたものが、マージャリーものといわれるシリーズである。マージャリーは、ミルンが初めて身近につき合うようになった幼い子どもであった。シリーズとなった作品は、2歳から3歳になるころの幼い子どもと自分とのやりとりなどを、ミルンらしくユーモラスに描いたものである。ミルンは、「マージャリーのお話はだいたい事実に基づいています」といい、「紙の上に子どもを生き生きと呼び出すには、その子のことを暗記す

るほど分かっていなければなりません」とも書いている。そういう正確な観察の上で、ミルンは可愛くはあるが、きわめて自己中心的で、片言の幼児語を話す子どもを素材にした短い話を作り上げた。それを歓迎したのが、当時の大人の読者であった。このことは、第一次大戦前の人々の心の余裕を思わせるものであるが、同時にそれは時代を超えたイギリスという国のありようを思わせることでもある。イギリスには、当時も今もこの種の「子どももの」の読み物を歓迎する空気があるのである。

　ミルンの描く幼女マージャリーのお話は、そのまま後の『クマのプーさん』などの作品に通じていることでも注目される。たとえば、『クマのプーさん』の第一話では、子どもが言葉の思い違いをしていることに父親がユーモラスにふれるところがある。作品はまた、全体として、縫いぐるみの人形を借りて、食いしん坊で、どこまでも自分中心的な考え方をする子どもの姿をユーモラスに描いている。その意味で「マージャリーもの」と同じなのである。また、ミルンの幼年ものの作品には、韻をふんだ軽快な詩がふんだんに出てくる。これもすでにマージャリーものにみられる。次の「午睡」("Afternoon Sleep")（Punch, 1910. 3. 2）の一節など、もっぱら韻の面白さを生命とするものである。午睡を続けたいミルンは、マージャリーにせがまれて、しぶしぶ次のようなものを作ったという。

　　早口でぼくは語った。「昔、ビングル、つまりオリバー・ビングルという人がいた。プリングルという女のひとと結婚した。彼の兄はジングルという女性と結婚し、もう一人の兄はウイングルさんと結婚した。でも、彼のいとこは結婚しないで、ずっとシングルだった。……これでおしまい。

　　'Once upon a time,' I said rapidly, 'there was a man

called Bingle, Oliver Bingle, and he married a lady called Pringle. And his brother married a lady called Jingle... And his other brother married a Miss Wingle. And his cousin remained single... That is all.'

　ミルンというユーモア作家は、「マージャリーもの」からもうかがえるように、自分の中に閉じ込もるというよりは、むしろ出かけていってアイディアを探すタイプであった。具体的な体験や観察の中からユーモラスな話題を見つけ出し、それを独特の話に仕上げていくのがミルンという作家であり、このことは特に彼の数多くのエッセイにあてはまっている。体験や観察から出発するそれぞれの作品は、そこに独特のひねりや想像の広がりを加え、さらに軽妙な笑いを織り込むことで、ミルンならではの話になっていくのである。観察から出発するという作家のありかたは、後の児童書にまで通じている。

　さて、1913年には「オーエン・シーマンの名づけ娘のドロシー・ド・セリンクール（Dorothy de Sélincourt）は、私と結婚するように強く勧められていました」という記述がある。1910年11月の彼女の21歳の誕生日を祝うダンス・パーティーで、二人は顔を合わせて友だちになっていたのである。そのときのことをミルンは「ダフネ（Daphne；これが仲間内での彼女の愛称だった）は私の冗談に笑ってくれたのだ。私に会う前に『パンチ』に載った私の文章を全部暗記してきており、それに彼女はこの上もない完璧なユーモアのセンスを持っていた」と書いている。後に息子のクリストファーが書いているように、とりわけユーモア作家は自分の作品を理解してくれるよき理解者が必要であり、ミルンは、まさにその理解者を得たのである。クリストファーはまた、4冊の児童書を書いた父ミルンは「誰よりもまず自分のために書き、ついで妻のために書いたので

あって、子ども読者はいつも最後に来た」と書いている。そういう関係が二人の出会いから始まるのである。

さて、ダフネとの最初の出会いから3年後の1913年の冬に、ミルンはスイスを訪れる。そのとき偶然ミルンとダフネは同じときに同じホテルに泊まる予定であることがわかり、そこで「私はある吹雪の日、朝11時に彼女にプロポーズした」という。そのときミルン31歳。24歳のダフネは、名前からわかるようにフランス系のイギリス人で、裕福な外套製造業者の娘であり、親類縁者には英文学者や演劇評論家などもいる知的な一家であった。二人の仲を取り持ったのは、『パンチ』の編集長オーエン・シーマンである。彼の一家も外套製造業者であり、同業のよしみでシーマンはこの結婚の仲立ちをしたのである。1913年6月に結婚した二人は、新婚旅行の後、ロンドンのテムズ河畔チェルシーのエンバンクメント・ガーデンズ（Embankment Gardens）に新居を構える。二人の結婚生活は、スムーズに始まったようである。そのころ『パンチ』の編集にかかわり、本もよく売れ、他のメディアにも書いていたミルンの年収は1000ポンドに達しており、「私たちの生活はとても楽でしたし、とても幸せでした。」と書いている。ミルンにとって結婚は生活の雑事から解放され、手紙書きの煩わしさからも逃れられることも意味していた。

ただ、そのころミルンは1930年代、40年代になったら、ということは50歳になった後の自分はどうなっているだろうと考え始めていた。「『パンチ』誌の編集長にはなっているだろう。しかし、いまや国民的な機関ともいえる『パンチ』誌でやれることには、制約がある。それに、この仕事を続けてもいま以上に滑稽なものが作れるとは思わない。」このように考え始めたミルンは、夫が『パンチ』の編集長になることを夢見ていた妻の想いに大いに反することであったが、次第に『パンチ』の編

集から手を引くことを考える。そして、実際に「小説や劇を、暇な時に書く」ことを始めるのである。

　最初に書いた1幕ものの劇は、結局採用されなかった。それでもミルンは敬愛する劇作家であるバリにそれを送った。バリは「君ならきっと劇が書ける」と励ましの手紙をくれ、その処女作が上演されるように、演出家のグランビル・バーカー（Granville Harley Barker）に送ってくれる。グランビル・バーカーからは続けてぜひちゃんとした5幕の劇を書くようにと求められ、ミルンの劇作家への挑戦が本格的に始まることになった。

　しかし、そこに立ちはだかったのが第一次世界大戦であった。それまで歴史の動きにはあまり関心をよせなかったミルンも、大戦が始まると強い関心を示すようになり、戦いが始まったときには、「大戦までは自分は平和主義者だったが、しかし、今度の戦争は戦争をなくする戦争だ」と信じたと書いている。そしてやがて戦場に出るのである。

　1915年に33歳という年になって兵役についてみると、軍隊生活は、自由人として過ごしてきたミルンにとっては苦痛以外の何ものでもなかった。さらに翌1916年にフランスのソンムの戦場に駆り出されると、塹壕に閉じ込もる凄絶な実戦は悲惨をきわめ、ほどなく彼は塹壕病にかかって高熱を出し、この年の11月には早くも故国に送り返される。

　以後、戦争が終わって1年後の1919年までミルンは陸軍省に勤務するが、後になって、「軍隊ですごした4年間を抹消して、その始まりの前に終止符をおき、その後に『1919年、再び自分は一市民にもどった』と書きたいものだ」といい、「もう一度戦争になったら、自分は生き延びられないだろう」と自伝に書いている。イギリスの場合第一次大戦のもたらした惨禍は、第二次大戦のそれよりはるかに大きいものであったといわ

れる。ミルンもまた、厳しい戦争体験をしたのである。

戦地で書いた最初のおとぎ話『昔あるとき』から劇作へ

　ただ、ミルンの軍隊生活の始まりは比較的恵まれたものであった。第一次世界大戦が勃発した翌年1915年に33歳で陸軍に入隊したミルンは、通信将校になるべく、その年の8月からウェイマスの訓練校に送られ、その後1916年6月までは、通信指導者として後方勤務となり、既婚婦人の隊に加わったダフネも現地にやってきてともに暮らすようになる。そのときに、「ダフネと連隊長の子どもたちが演じる劇」の創作を頼まれる。妻の意向を入れながら、口述筆記の形でミルンは自分でも大いに楽しみながらこの戦地の余興劇を書いたのである。ミルンは後にこれを作品化して、『昔あるとき』（Once on a Time, 1917）という題の「王子さまと、王女さま、悪い伯爵夫人（ダフネ）と、魔法の指輪」の物語が生まれた。

　物語は、二つの国が相争うことをテーマにした喜劇的なおとぎ劇であったが、「これが子どもたちのために書かれたものか、それとも大人のために書かれたものか、だれにも分かりません」と前書きに書いている作品は、単なる子ども向けのおとぎ話（fairy tales）にとどまっていない。作品の中心には妻のダフネが演じることを念頭に置いた中年の豊満な女性が位置しており、この本来の悪役たる女性を一見ほめあげると見せて実は落とすことを盛んに行っているからである。このことのゆえに作品は、ミルン自身のいうように、大人読者に訴えるものとなった。ちなみに、ミルンはこの中年女性は現実に自分がごく最近にも出会った人物がモデルであるともしており、「おとぎ話といえども実はずっと現実的なものであり、みかけほど単純なものではない」とも書いている。ともあれ、戦地にあってこの作品の制作を大いに楽しんだのがミルンその人であった。

「大人の楽しまないおとぎ話はつまらない」というミルンは、つまるところ、おとぎ話の枠を借りながら、存分に人間観察を織り込むユーモラスでアイロニカルな喜劇としての童話劇を書いたのである。

　ところで、本来子ども向けであるはずのこの作品の中に大人の視点が入っていることについては、ミルンにはまだ児童文学についてはっきりとした定見がなかったのだとする考え方もある。ただこの種の作品のありかたそのものは、イギリス児童文学の喜劇的なおとぎ話の伝統にのっとったものである。作品は、サッカレー（William Makepeace Thackeray, 1811-63）の『バラと指輪』（*The Rose and the Ring*, 1855）などに直接つながっており、さらに、イギリス独自の大衆演劇といわれるパントマイム劇（Pantomime）にもつながっている。女性の虚栄心を笑いの的にしてアイロニカルな笑いを作り出すこの作品もまた、イギリス児童文学の一つの系譜につながっているのである。

　ただ作品は、そういう大人向けの要素を持つのと同時に、子ども向けのおとぎ話にもなっており、風刺的な笑いの対象になる公爵夫人やま抜けな王子などが出てくる作品は、真摯なロマンス劇にふさわしい人物が出てきて、試練の後に恋を成就させる物語にもなっている。考えれば、作品のこのようなありかたは、後年の『クマのプーさん』などと共通するものであろう。ミルンの作品は、子どもと大人が現実に共有する文学になっており、ミルンの児童文学創作の姿勢は、『昔あるとき』から始めて、基本的には終始変わらなかったともいえるのである。

　ちなみに、作品では愚か者の王子が魔法によって身体の3分の1ずつがうさぎとライオンと羊であるという滑稽な姿に変えられており、この人物は何を食べればいいのかが一つの問題になっている。この問いかけは、後の『プー横丁にたった家』に

出てくるトラのティガー（Tigger）に何を食べさせるかという問題の先駆けである。

さて、こうして妻と一緒になって大いに楽しみながら『昔あるとき』を書いたミルンは、その前から念願の劇作も続けていた。そのころに書かれた『ワーゼル・フラメリー』（*Wurzel-Flummery*, 1916）という劇は、喜劇としての作品である。ある人物がこの奇妙な名前を名乗ることを条件に遺産が入ることになったとき、はたして彼はそんなふざけた名前を名乗れるかどうかをテーマにする作品は、いかにもミルンらしい風変わりな設定のものであった。実はこの3幕の喜劇はそのころ手直しすれば上演可能というところに来ていた。しかし、それを目前にして、1916年6月にミルンはフランスの戦線に送られたのである。この作品が上演されたのは、1917年のことであった。この劇は、彼の憧れの劇作家であったバリの劇とともに上演されて、評判を呼ぶのである。

戦地からもどって、病の癒えたミルンは、『パンチ』誌への復帰を考えたこともあった。しかし、彼の後がまはすでに決まっており、編集長のシーマンに婉曲にその申し出を断られる。そのこともあって、彼はもともと心に抱いていた劇作家の道に進むのである。その後ミルンは、1919年に最初の劇作集を出し、1920年には、彼の代表作ともされる『不意の訪問客ピム氏』（*Mr.Pim Passes By*）を上演する。作品は、あるヒロインが恋人と二度目の結婚をしようとするが、たまたま訪ねてきた人物によって、過去の夫は犯罪人でまだ生きているかもしれないとわかるというシリアスな情況から始まる。彼女が元の夫を捜しに出るといういきさつには、イプセンを思わせるところがあった。しかし、ここでいかにもミルンらしい喜劇的な逆転があり、話は結局ハッピーエンドに終わる。この一見シリアスな劇にあっても、ユーモラスで気の利いたセリフをちりばめるの

がミルンの手法であった。戦中戦後の暗い時代にあって、観客はむしろ軽快な笑いを求めており、その欲求にミルンはよく応えたのである。1921年には第2の劇作集を出し、続けて『ブレイズについての真実』(The Truth about Blayds, 1922)、『ドーヴァー街道』(The Dover Road, 1923)などの傑作を世に送り続けている。

　劇作家としてのミルンは、その一方で、『パンチ』などのジャーナルにエッセイストとして寄稿し続けた。この方面でも彼の軽妙でよく形の整ったエッセーは広く読まれた。巧みに作られた彼のエッセーは、一つの芸といえるものを示しており、その内容は読者を慰め喜ばせた。初期の『パンチ』に寄せたものが、まず『その日の遊び』としてまとめられたことは述べた。その後もガーデニングやパーティーなど身近な素材を扱い、あるいはみずからも打ち込んだゴルフやクリケットなどを素材にして、独自の視点で話題を広げていく軽妙でユーモラスなエッセーを書き続ける。これらは一時期日本でもよく読まれた。1919年には、ミルンとしては最初の文芸批評の試みである『問題というわけではない』(Not That It Matters)を出している。やがて世に知られた児童文学の作家になるまでに、彼はなによりも劇作家として、さらには優れた随筆家、評論家として活躍した。そのいずれもが、当時の暗い自然主義文学とは対照的な明るさと軽妙さ、表現の巧みさを持つものであった。

　この時期のミルンについて、T. B. スウォン (Thomas B. Swann) の『A. A. ミルン』(A. A. Milne, 1971) の言葉を引用すると、次のようになる。

　　ミルンが、『不意の訪問客ピム氏』のようなさまざまな奇抜な振る舞いを描く小説家として、あるいは『赤い館の秘密』のような推理小説家として……さらには第一次大戦後

のきちんとした形式を持った馴染みのエッセイストとして、彼としては最良の仕事をしていたとき、その作品世界は無限に繰り返すことの可能なものであり、自然主義作家の描く淫売窟や酒場などの暗い話からの歓迎すべき逃避としてあった。

. . . Milne is at his best――as a novelist sharing the vagaries of Mr. Pim or solving the mystery in the Red House, . . . as a formal or familiar essayist after World War I――his world is infinitely visitable, a welcome escape from the brothels and bars of Naturalist fiction. (p.17)

　この言葉は、これまでにもみてきたミルンという作家のありようをよく示している。ここであらためて作家ミルンの姿勢についてみると、先述のように、「もう一度戦争になったら、自分は生き延びられないだろう」とまで書いてはいるが、彼は他の作家のように、戦争の批判を直接書くことはしていない。戦地から送った『パンチ』への原稿は、彼にしては珍しくシリアスなものであったために掲載されることが少なかったということがあり、あるいは個人的にはヘミングウェイ（Ernest Hemingway, 1899-1961）の『武器よさらば』（*A Farewell to Arms*, 1929）などの戦争文学を読んだということはあった。しかし創作するときは、終始いかにもミルンらしい喜劇的な世界から出ることはなかった。それゆえに、第一次大戦後のすさんだ世相の中で、彼の作品は多くの人々に迎えられたのである。
　なお、『赤い館の秘密』（*The Red House Mystery*, 1922）という推理小説は、日ごろイギリス人らしく推理小説を愛読していたミルンが、「巧妙な作品が多いが、文体がもってまわっ

たようなものが多い」という感想を持ったことがきっかけだったという。こうして「日常使う言葉で、日常ごく普通に見かける人々を描く」作品が、「劇作の合間に」書かれた。

　この作品は、赤い館の主人のところに、長く音信不通だった兄がオーストラリアから帰国するという知らせが届く。この人物にはあまりよい評判はない。その兄が屋敷に入ったところで、死体で発見される。そして館の主人の行方はわからないというのが、始まりである。軽妙な筆運びで書かれた作品は読みやすく、近年の傑作との評を得たが、ただ後の推理作家レイモンド・チャンドラー（Raymond Chandler, 1888-1959）は、この著名な作品には推理小説としての設定に無理があるとしている。なお、スウォンは、『不意の訪問客ピム氏』を小説としてあげているが、それはこの劇が後に小説として作品化されたからである。ミルンは、児童書の他に、生涯にあわせて7冊の小説を出している。

クリストファー・ロビンが
生まれたマロード街の家

4．児童文学者としてのミルン

ベストセラーになった幼年詩集『クリストファー・ロビンのうた』

　さて、ミルンという作家は、今では1924年に出した『クリストファー・ロビンのうた』から、1928年の『プー横丁にたった家』にいたる、2冊の幼年詩集と2冊の『プー』作品でもっぱら知られている児童文学者である。児童文学者としてのミルンの活躍は、彼の一人息子の誕生と深くかかわっている。1920年1月に『不意の訪問客ピム氏』がロンドンで上演され、『自伝』にいうところの「400万人の観客を魅了する」大ヒットとなるが、同じ年の8月には、「私の協力者はいっそう個人的な作品を生み出しました。」(『自伝』p.334)とある。後の彼の幼年文学のモデルになる、一人息子のクリストファーが生まれたのである。ただこのクリストファーという子どもの名前については、クリストファー自身は自分のことをいつもビリー・ムーン（Billy Moon）と呼んでおり、それでこの名前は家庭では本の中の人物のものと受けとめられてきたと、ミルンは『自伝』に記している。

　さて、ミルンがわが子を素材にして詩を書くのは、2歳半のころのクリストファーが祈る姿を見て、劇作の合間にふと「夕べの祈り」("Vespers")という詩を書きつけたことから始まる。幼いクリストファーがベッドにひざまずいて夕べの祈りを捧げている様子を描いたこの詩では、見かけの敬虔さとはうらはらに、幼い子どもが実は祈りの内容とはまるで無関係なことを思っていることをうたったものである。大人の心をとらえずにはおかない幼い子どもの無邪気さをうたう詩は、同時にきわめて自己中心的でもある子どもの姿を写し出すものであった。ミルンはそれをミルン得意のライト・ヴァースの手法でうたい、

大変な人気を呼んだ。最初妻のダフネにプレゼントとして渡され、ダフネはそれをニューヨークの『ヴァニテイ・フェア』誌（Vanity Fair）に送った。その後この詩を含む幼年詩集『クリストファー・ロビンのうた』は売れ続け、そのつどその44分の1の印税を受け取った彼女にとって、それは最高のプレゼントになったと、ミルンは記している。

　この詩を書いた後ミルンは、子ども向けの雑誌を始めていたローズ・ファイルマン（Rose Fyleman）から、子ども向けの詩を書いて欲しいと頼まれる。ミルンは一旦は断った。しかし、クリストファーが3歳になった年の夏に、当時借りていた北ウェールズの別荘に滞在していたときだった。長雨に閉じ込められたミルンは、たくさんの客たちのいる別荘の騒々しさから逃れるために、一人部屋にこもった。そこで、もしファイルマンの依頼を断らなければどんなものを書いただろうと考えて、子どもの詩を作り始めた。そして「十一日間雨の日を過ごし、十一編の詩を書いた」のである。「ネムリネズミとおいしゃさん」（"The Dormouse and the Doctor"）などのユーモラスな作品は、そうして生まれた。これが本格的な幼年詩の始まりであった。

　ミルンは、そのときのことを振り返って、「芝生の向こう側には、私が三年間いっしょに生活してきた一人の子どもがいたのです。……そしてまたこの私の心のなかには、私自身の子ども時代の忘れがたい思い出がありました」（『自伝』p.337）と書いている。つまり、自分の幼い子どもと、幼いころの自分自身の記憶という「二人の友人」を素材にして、ミルンは幼年詩を書いたのである。もちろんそれは文学としての作品であるから、目の前の子どもの観察と、自分の幼年期の記憶に支えられた作品は、おおいに想像力を発揮することで生まれたのである。

　ところで、ミルンが幼年詩を書いたことは、『パンチ』誌の

編集者にも伝わっており、そのうちの何編かを最初にこの雑誌に載せることを依頼される。少し迷ったミルンは、結局同意した。そのとき彼の詩に挿し絵をつけたのがE. H. シェパード（Ernest Howard Shepard, 1879-1976）であった。これをきっかけに、2人の切っても切れない関係が始まる。自分の幼年詩が『パンチ』で好評だとわかったことは、ミルンに詩を出版することに自信を与えた。まもなく作品は最初の幼年詩集『クリストファー・ロビンのうた』にまとめられ、「廉価版になるまえの十年間に、五十万部が売れた」という超ベストセラーになるのである。

　ところで、ミルンは、次のように書いている。

　　これ（＝『クリストファー・ロビンのうた』）は、ふざけた気分で書いた詩人の作品でもありませんし、子ども好きの人がその愛情を披露している作品でもありませんし、子どもたちのために反復した詩行をいくつか急いで組み立てようとした散文作家の作品でもありません。たとえ子ども部屋に詩をもちこむとしても、真剣に仕事に取り組んでいる軽詩人の作品なのです。家のなかで子ども部屋ほど、真面目な気持で近づかなければならない部屋はないように思えます。……私は子どもがとくに好きというわけではありませんし、関心があるというわけでもありません。……私は子どもたちに対し、これまですこしも感傷的な気持を抱いたことはなく……子どもの心を理解することに限っていうなら、その理解のしかたはまったく偶然、ほとんど無意識といっていいくらい、ふつう私が人びとに対してするような観察にもとづいたものであり、自分自身の子ども時代への記憶とか、またどんな作家でも記憶や観察に働かせるにちがいない想像力といったものに基づいているのです。

(『自伝』p.340)

> *When we Were Very Young* is not the work of a poet becoming playful, nor of a lover of children expressing his love, nor of a prose-writer knocking together a few jingles for the little ones, it is the work of a light-verse writer taking his job seriously even though he is taking it into the nursery. It seems that the nursery, more than any other room in the house, likes to be approached seriously. . . . I am not inordinately fond of or interested in children . . . I have never felt in the least sentimental about them . . . In as far as I understand their minds the understanding is based on the observation, casual enough and mostly unconscious, which I give to people generally: on memories of my own childhood: and on the imagination which every writer must bring to memory and observation.　(p.239)

　このことは、初めて手がけた幼年詩集によっていきなりベストセラーを作り出したミルンが、手慣れた仕事を繰り返すいわゆる職業的な作家ではなく、同時に自分の子どもに関心をよせる母親のような個人的な書き手でもなく、それらとは違った意味での職業作家であったことを示している。ミルンは、あくまで文学者としての人間観察をもって子どもの詩の創作に向かったのである。同時に彼はその表現においても、他ならぬ文学者そのものであった。ミルンは「それらの詩は、ふだんの劇作や創作よりもずっと多くの苦心をはらって書かれたものであり、テクニックの上でも優れたものである」とみずから『自伝』に記している。

それにしても、ミルンの幼年詩集の広く世に訴えた力は大きかった。ミルンにいわせれば、幼い子どもには「飾らぬ美しさ、無邪気な優雅さ、自然で自由奔放な行動」があり、その魅力は周辺の人々の心を捉えて離さないものを持っているが、同時にそこには「残忍なまでの自己中心性」があり、「しばしば道徳的特質が欠落している」。そして、その一方だけをみる者は感傷的であるとミルンはいう。彼には、そのどちらの感傷癖をも避けて、真実をみる自信があったのである。ただ、ミルンの詩を歓迎した人々が、感傷癖を脱していたかどうかは問題であろう。ミルンは人間の欠点をも温かい目で見つめるユーモリストであり、常に対象に対する肯定的な共感の気持ちを伴っている。彼のヒューマンな目は、幼い子どもを観察するときにも保たれており、そういうミルンの温かな感情に誘い込まれる中で、人々はつまるところ自己中心的な子どもの姿もまた可愛いという気持ちに誘われてきたのである。作品が驚異的なベストセラーであり続ける所以はきっとそのへんにあるのであろう。

　たとえば、「いうことをきかないお母さん」("Disobedience")という幼年詩の中で、迷い子になった子どもが、僕がついていてあげないとお母さんは迷ってしまうのだなどと思っている、その自己中心性の強さは確かに人を驚かすものである。しかし、そういう心情をもある種の滑稽さで人々は受け止める。一見人を驚かすものではあっても、ミルンの詩には人々の心の底をゆさぶる不安や苦い思いはなく、現在の幼年詩が掘り起こしているような子どもの深刻な反抗の気持ちや不安が描かれることもない。子どもが持ちうる哀しみも描かれていない。あくまで日常的で平穏な域にとどまっているのがミルンの幼年詩である。クリストファーが直接自分の心をうたうものなど、幼い子ども心を鮮やかに写し出す幼年詩集には、美しい叙景詩などもはさまれており、その子ども観にはR. L. スティーヴンスン

(Robert Louis Stevenson, 1850-94)の『子どもの詩の園』(*A Child's Garden of Verses*, 1885)と類似するものもみられる。その一端を、本書の「作品鑑賞」でみていただきたい。ミルンの作品世界は「子ども部屋」を持つ当時の中流階級の子どもが主人公になっているが、作品がその種の階級制度に根ざすものであることも、イギリスの児童文学の伝統であった。

『クマのプーさん』の世界とその後の作品

さて、『クリストファー・ロビンのうた』が、「アリス以来の最大の児童文学」(アン・スウェイト)という評価を得る中で、ミルンは、アメリカの出版社の依頼で、1925年にル・メール(Henriette Willebeek Le Mair)という画家の絵に物語をつけた『こどもの情景』(*A Gallery of Children*)を出している。ミルンらしいひねりのきいた短編集であるが、同じ年『イーヴニング・ニューズ』(*Evening News*)紙のクリスマス特集号に、彼の代表作である『クマのプーさん』の第一話にあたるものが載る。これは最初クリストファーの就寝前のストーリーテリングとして始まったものである。作品の依頼を受けたミルンは、妻ダフネに促されてそれを作品にまとめた。このことからも明らかなように、『クマのプーさん』の話のそもそもの始まりは、クリストファーの子ども部屋にあった。「プーは、自分より一歳半年下で、離れられない友達だった」とクリストファーが書いているように、プーはこの一人っ子が大切にしているクマの縫いぐるみであった。その後、ロバのイーヨーや、コブタのピグレットなどの縫いぐるみをもらったクリストファーは、はじめ彼らと一人遊びをしていた。そこに母親が加わったことで、縫いぐるみたちはいきいきとした声をあたえられ、はっきりした性格を持つものとなった。母と子による「子ども部屋のドラマ」が始まったのである。そこにはさらにカン

ガとルーの縫いぐるみも加わっていた。

　その後を引き受けたのが、父ミルンであった。彼は縫いぐるみと少年を主人公にするお話を創り、それを少年の寝物語に語ったりした。そしてその話は、すぐに母と子の「ドラマ」の中に持ち込まれた。クリストファーにいわせると、子どもとのつきあい方は不器用だったという父ミルンは、お話を創ることで間接的に母と子のドラマに参加したという。ただ、この作品の始まりは、少年が動物の縫いぐるみと遊ぶ「子ども部屋のドラマ」にあったが、作品の実際はその域にはとどまっていない。現実には、1924年秋に手に入れて1925年春から休暇中に使い始めた、広大なコッチフォード・ファーム（Cotchford Farm）のいわゆる「百町森」（One Hundred Acre Wood）が舞台になり、ミルンと幼いクリストファーが森を散歩する中で、遊びの種を見つけては、お互いに触発し合うという出来事を背景に作品は生まれている。こうして、「私に抱えられているプー、朝食のテーブルで私と向き合っているプーは、蜂蜜をさがしに木にのぼるプーとなり、ウサギ穴にはまってしまうプーになり……」ということになっていったのである。「父と子」が現実に織りなした世界がもとになって作られた作品には、事実母親や乳母は出てこない。

　作品は、いわばミルンとクリストファーという「父と子」の「合作」として生まれた。聞き手を主人公にする物語は、それ自体が親子の合作といえるものであり、それはまた現実に戸外で遊んだ父と子のドラマそのものを反映するものでもあったからである。ただ本来子ども部屋に始まった物語は、舞台を戸外に移してからも、大人たちに温かく見守られている子ども部屋の雰囲気を失っていない。その意味で、「子ども部屋」の雰囲気と「戸外の自然」との絶妙な織り合わせが作品の特徴になっている。主人公はあくまで子ども部屋の縫いぐるみであり、同

時にそれはミルンたち親子の日常の冒険を反映するものともなっているのである。

ちなみに、作品には、いつも世をはかなんでいる厭世家のロバのイーヨー（Eeyore）が出てくる。この登場人物には、父ミルンの暗い面が反映されているとクリストファーはいう。父が子に語ることから生まれた作品は、作者がひそかに自画像を忍び込ませる自己表現の場でもあったのである。ただし、このイーヨーにしても、常にペシミズムにとらわれているわけではなく、屈折した心境を示すものにはなっているが、イーヨーもまた、物語の最後では幸せを感じている。作品は、あくまで温かでヒューマンな世界に終始するのである。

それでもミルンがイーヨーを通して自己の暗い面を表現していることは注目する必要がある。『坊ちゃん』の漱石などもそうであるが、ユーモア作家は暗くゆううつな心を抱え込んでいる場合が多いのである。まだ先のことであるが、ミルン晩年の孤独も、このこととかかわるように思われる。なお、この作品の全10話中7話は、最初『ロイヤル・マガジン』（*Royal Magazine*）に掲載された。作品はまず大人読者を対象として書かれたのであり、その事情は、幼年詩集『クリストファー・ロビンのうた』と同じであった。

ところで、作品が身近な子どもとのかかわりから生まれたことは、『不思議の国のアリス』（*Alice's Adventures in Wonderland*, 1865）をはじめとするイギリスの多くのファンタジーの成立の事情と重なっている。イギリスには、目の前にいる「聞き手の子ども」を主人公にする、実質的に子どもと大人（多くの場合が父親である）の「合作」になる傑作が多い。さらに、このファンタジーとしての作品が、現実の場から出発するのもイギリスのファンタジーらしい特徴であろう。作品の登場人物の多くがクリストファーが持っていた縫いぐるみであり、

彼らはその表情からして、いつも楽天的なプーや、対照的に陰気な性格のイーヨーなどの性格を示すものであった。このことは E. H. シェパードの挿し絵にも反映されている。このように現実の具体物から出発して、やがて空想の羽根を広げるファンタジーになっていくのがイギリスファンタジーの特徴である。

『クマのプーさん』とその続編『プー横丁にたった家』が、具体的にコッチフォード・ファームを舞台にしていることは現実に裏づけられる。ここでは、『クマのプーさん』第4話の中にある、プーがイーヨーのなくしたしっぽを探すために、まずフクロ（Owl）の家を訪ねるところをみてみよう。そこは、こう書かれている。

> さて、この林越え、茂み越え、クマくんは前進しました。——あるときは、ハリエニシダやヒースのはえた、ひろびろとした谷をくだるかと思えば、また岩だらけの川原をゆき、さては、砂岩のけわしい土手をのぼって、またヒースのなか、こうして、さいごにつかれはて、おなかをへらしてたどりついたのが、百町森——というわけは、この百町森こそは、フクロが住んでいるところだったからです。(pp. 58-59)

> Through copse and spinney marched Bear; down open slopes of gorse and heather, over rocky beds of streams, up steep banks as of sandstone into the heather again; and so at last, tired and hungry, to the Hundred Acre Wood. For it was in the Hundred Acre Wood that Owl lived. (p. 42)

ロンドンから35マイルのところにあるミルン家の別荘コッチフォード・ファームは、ここに描かれているような自然に富

むところであった。その日はまた、よく晴れた春の日で、雲が太陽と戯れ、それにもめげずに太陽は輝き、新緑のカバの茂みのそばで常緑のモミの木の茂みが汚れて見えるという美しい日であった。そこを、現実のミルン親子さながらに、プーは元気よく歩いていくのである。

　同時にここには、幼い日に次兄のケンと山野を散策した幼いミルンの体験を彷彿させるものもあり、ミルンとクリストファーという「父と子」のコッチフォード・ファームにおける日常の遊びから生まれた作品は、同時に「父ジョン・ヴァイン・ミルンの子」として兄のケンと過ごした幸せだった子ども時代にもどる直接のきっかけになるものでもあった。後年クリストファーは、「自分の少年時代から大きな喜びをくみとっていた父は、私のなかに、自分のもどっていくことのできる仲間をみつけたのだ」と回想している。ミルンは、一人息子を得て、この地で再び幸せだった幼年期にもどる機会を得たのであり、作品には、クリストファーのいう「郷愁家」としてのミルンの真骨頂がみられるのである。

　ところで作品は、幼年童話として実によくできている。成功した劇作家であったミルンは、『自伝』の中で、「劇の対話は観客にあわせたものでなければならない。よく言われる劇作術なるものは、ものごとを観客にとって易しくする技巧にすぎない」としている。その「劇作術」が『クマのプーさん』とその続編『プー横丁にたった家』にもみられるのである。作品は、まとまりのある短いエピソードの連続からなっており、主役であるプーを別にすると、一話に一人ずつのペースで登場人物が現れ、単純な登場人物の話はもっぱら出来事を中心に語られている。さらに作品は、劇さながらにドラマティックに展開されている。実際プーの独り言や唄をはさみながら、クリストファーやプーたちが交わす対話を中心にする作品は、劇そのも

のであり、途中にはさまれる地の文はほとんど劇のト書きに近い。作品がわかりやすい所以である。

　また、物語の中で展開される出来事が、登場人物の性格からおのずと引き出されていることも優れた特性であろう。プーの言動は、頭は悪いが考えるクマであり、食いしん坊で自己中心的でもあるという彼のありようとぴったり一致している。このプーをはじめとして、小心だが好奇心は強いコブタ（Piglet）、合理的で組織好きのウサギ（Rabbit）、学問があることになっているがその実はあやしい年寄りのフクロ（Owl）など、それぞれの登場人物は明確に設定されており、その人物たちが絡み合うことから具体的な物語が生まれている。常に厭世家である陰気なイーヨーにしても同じである。プーには、ときに思いがけない着想をみせるところもあるが、その種の意外さもふくめて、登場人物の性格と行動が一致することが、明快でわかりやすい作品世界を作り出しているのである。

　作品のユーモアもまた、主にはこの人物たちの性格から生み出されており、そのことが効果的な笑いを生み出している。笑いは、人物の行動が生得の性格に根ざすときに、ことに力を持つのである。「『パンチ』誌のために、パラグラフ毎に微笑があり、1インチごとに笑いがある陽気な記事を書こうとした」ミルンの優れた笑いの技法もまた、幼年向けの作品に遺憾なく受け継がれている。このことは具体的に作品に接することで味わっていただきたい。

　ただ、このきわめて明晰で単純な物語にも、ある種の謎がないわけではない。たとえば、空想の生き物である「モモンガー」（Woozle）を追う話の中で、コブタがおじいさんの話をするのに誘われて、今追いかけているモモンガーがコブタのおじいさんだったらいいのにとプーが考えるところがある。モモンガーを追うプーには、どうやら「おじいさん」（Grandfather)という言葉の意味もさだかではないらしく、モモンガーというそれ自体空想の生き物が、話に聞く「おじいさん」であればいいのにと思うのである。

　これはもとよりまったくのノンセンスであり、滑稽きわまるところである。ただこのあたりには、単に滑稽という言葉だけでは片づけられない幼い者の心の働きの不思議を思わせるものもある。ミルンは、「ある章の終わり」（'the end of a chapter'）というエッセイで、「子どもは想像の世界をくまなく探検する。その地図はわれわれが忘れてしまったシンボルで描かれており、われわれの心のなかにしまわれている」と書いている。そして、「自分にとって書くことは、スリルのため、探索のスリルのためにある」という。そうして自分の子どもと行動をともにする中で、ミルンがスリルを味わいながら明るみに出した幼年の心の物語は、子どもの心をとらえ大人の心を癒すものでもあったが、同時にそれはときとして、心の働きの不思議そのものを思わせる謎を秘めたものともなるのである。一見明快なミルンの幼年の心の世界には、ときに謎のような部分があり、それが読むものを驚かせる。アン・スウェイトがいうように、「ミルンの作品世界は、一般の読者が思うよりはずっと手強い」のである。ミルンの作品の魅力はつまるところそのことにあるともいえるだろう。

　なお、補足すると、この作品の第一話となるものを『イーヴニング・ニューズ』紙に載せたときの挿し絵はJ. H. ダウド（James H. Dowd）であったが、1926年の単行本ではE. H. シェパードの挿し絵になっている。挿し絵を描くにあたってシェパードは、コッチフォード・ファームを訪れて、作品の舞台となっているそれぞれの場を実際に写生した。このことは続編の『プー横丁にたった家』でも同じであった。「プー棒投げ橋」など、実在の場所が作品に取りあげられている。ただし、クマの

ミルンが晩年を過ごしたコッチフォード・ファームの家

　プーさんに関しては、シェパードは自分の息子の持っていたテディ・ベアをモデルにしている。
　ミルンの幼年四部作は、いずれもシェパードの挿し絵で知られており、ミルンの作品はいわばシェパードの挿し絵と一体となって、一つの動かし難い作品世界を作り上げている。豊富にちりばめられた挿し絵は、動的な物語世界の動きと一体になっているが、その挿し絵は、たとえば一枚絵的な『不思議の国のアリス』のテニエル（John Tenniel, 1820-1914）の絵に比べると、アニメに近い動きを示しているのも特徴である。ただ、いかにもアニメ的で、人物像を大きく表に出しているディズニーの絵に比べると、背景を丁寧に描き込んでいるシェパードの方がより写実的である。そういう挿し絵の効果を「作品鑑賞」でみていただきたい。
　さて、『クマのプーさん』の出た翌年の1927年には、幼年詩集の続編である『クマのプーさんとぼく』（*Now We Are Six*）が出る。前作に比べて、こちらには少年の成長に合わせた変化があり、物語詩が増えているなどの違いがある。イギリスとアメリカで同時に発売されたこの本もよく売れた。ミルンは、この本を終生可愛がった少女アン・ダーリントン（Anne Dar-

lington）に捧げた。アンは、クリストファーの学校友だちで、週末をよくコッチフォード・ファームで一緒に過ごした。さらに、その翌年の1928年には、『プー横丁にたった家』が出ている。ミルン自身が自分の代表作の一つに数えているこの作品では、前作と違って語り手の父親はもはや登場していない。作品は、新たな森の住民であるカンガとルー、それにこの続編のある意味で中心になるトラーが加わって、前作の精神を引き継ぎながらも、それとはおのずと異なる世界を展開している。前作の「まえがき」すなわち「ご紹介」（Introduction）と違って、最初に「ご解消」（Contradiction）がある作品は、全体としてクリストファー・ロビンとその仲間たちが読者に別れをいう話になっているのである。

　『プー横丁にたった家』の最後は、「ふたりのいったさきがどこであろうと、またその途中にどんなことがおころうと、あの森の魔法の場所には、ひとりの少年とその子のクマが、いつもあそんでいることでしょう」となっている。プーたちと少年クリストファーの繰り広げる幼年の世界は、クリストファーが学齢期になってもなおこの世にあるというものである。言葉をかえると、その世界は大人の心の中に永遠にあるということであろう。それがこの作品のメッセージであった。ただし、この幼年期への郷愁にみちた言葉で終わる作品は、全体にはミルン本来のユーモアに満ちた闊達な幼年の心の世界の物語になっており、ミルンの本領はこの作品においてますます冴えたものになっていることをいっておきたい。そのことも「作品鑑賞」で味わっていただきたい。

『ヒキガエル屋敷のヒキガエル』、そして孤独な晩年へ

　ミルンが依頼を受けて自分がこよなく愛する作品であるケネス・グレアム（Kenneth Grahame, 1859-1932）の『たのしい

川べ』（*The Wind in the Willows*, 1908）を劇化したのは、1917年のことであった。しかし、舞台に乗せるのが難しいこともあって、上演は延び延びになっていた。それが年を経て1929年にリバプールで上演され、翌年のロンドン公演では、大変な人気を呼ぶ。作品は、その後クリスマス・シーズンに常打ちされる人気ドラマとなり、「プーと並ぶ児童文学の古典」とも評され、ミルンの劇作の中で今も唯一生き延びている作品になった。ちなみに、イギリスのクリスマス・シーズンはいわゆるパントマイム劇のシーズンである。おとぎ話を中心にすえた物語に、唄あり、ギャグあり、客席とのさかんな応酬ありという、動きと笑いとファンタジーに富んだパントマイム劇は、イギリス独自の演劇といわれ、もちろん縫いぐるみの動物も出てくる。ミルンの『ヒキガエル屋敷のヒキガエル』（*Toad of Toad Hall*）は、『シンデレラ』や『アラジンの不思議なランプ』、『ジャックと豆のつる』などと並んで、今でもこの季節に欠かすことなく上演されるクリスマス・パントマイムの定番になったのである。主役のヒキガエルを演じた代々の名優たちの名前も伝わっている。

　グレアムの作品を劇化するにあたって、ミルンは「原作の持つ美と喜劇のうち、喜劇のみを移植した」としている。作品に伝えられる自然の中での神秘的体験や、川辺や森の動物たちの日常の生きる喜びなどを描く美しい世界は、舞台には乗せにくいと考えたのである。その代わりに、彼はうぬぼれやだがすぐにしゅんとする感情の起伏のはげしいヒキガエルを中心にすえ、作品をもっぱら彼と彼の仲間がヒキガエル屋敷を狙う森のならず者たちと争う活劇に仕立てた。ただこのことの所以は、息子のクリストファーにいわせると、父ミルンはもともと活劇が好きなのだということになる。

　作品は、少女マリゴールド（Marigold）が見た夢という設

定になっており、動物の縫いぐるみを被った役者の演じるこの劇では、原作にはないことば遊びを取り入れるなどのミルン独自の工夫もある。裁判のシーンなどもふくめて、作品はいくぶん『不思議の国のアリス』にも似ている。こうして「グレアムの原作の持つ味わいに、劇作家ミルンの持ち味を加味した」とミルン自身が自負する、「一つのエンターテイメント」としての作品が書かれたのである。作品は大きな反響を呼んだが、その成功ぶりにアーサー・ランサム（Arthur Ransome, 1884-1967）が自分の作品の劇化を頼んだりしている。

　なお、ミルンは、この作品を劇化したあと1918年に、児童劇『ほんとうみたい』（*Make-Believe*）をロンドンで上演している。これは、美しい姫に寄せる貧しい木こりの愛の物語、窮屈な生活を強いられている兄妹の孤島に寄せる夢を描く話、それにサンタ・クロースのパーティーに出かける夫妻の話という３つの話をオムニバス風につないだ作品である。軽快で気のきいたセリフに富む、意外な筋運びをみせる楽しい劇で、J. M. バリの影響がみられる。また、ミルンは1941年に、アンデルセン（Hans Christian Andersen, 1805-75）の『醜いアヒルの子』（*Ugly Duckling*）の劇化も試みている。

　さて、話をもどすと、20年代の終わりに出した４冊の児童書は、イギリスではメシュエン社、アメリカではダットン社から出版され、爆発的に売れ続けた。しかし、この後はミルンはもはや児童書を書くことはなかった。クリストファーの唄やプーさんの物語とは、縁をきろうとしたのである。このことをミルンは、次のように書いている。

　　私は普通の長さの小説で、語数において——たぶん合わせて七万語におよぶ、四冊の子どもの本を書きました。七万語でやめ、そうした本にすっかりお別れをし、それに私に

関するかぎり、形式が流行遅れであったことに気づいて、子どもの本を書くことをやめたのです。ちょうど私がかつて、『パンチ』から逃げ出したいと思ったように、そうした本から逃げ出したかったのです。つまり私はいつも逃げ出したがっているようなのです。でも駄目です。(『自伝』p.345)

I wrote four 'Children's books', containing altogether, I suppose, 70,000 words ── the number of words in the average-length novel. Having said good-bye to all that in 70,000 words, knowing that as far as I was concerned the mode was outmoded, I gave up writing children's books. I wanted to escape from them as I had once wanted to escape from Punch; as I have always wanted to escape. In vain. (p. 242)

　事実、児童文学者としてのミルンの名声は、どこにいってもつきまとった。その後もミルンは、大人向けのドラマを書き、小説やエッセーを書き続けたが、世間は、何を書いても「プーの作家の作品」としか見ようとしなかったのである。その後、1931年に最初で最後にアメリカに渡ったときも、主要な新聞は、もっぱら「プーの作家」とか、「クリストファー・ロビンこそ私たちが関心をよせるものである」といった記事を載せている。
　この「名声」は、確かにミルンにとっては、有り難迷惑なものであった。どこへいっても「プーの作家」としてみられることを嫌悪する気持ちは、晩年に近づくと、ますます強くなる。4冊の児童書で児童文学は打ち切りにしたミルンは、その後も晩年にいたるまで書き続ける。その中では、哲学的な瞑想をふ

くむ大人向けの詩集『ノルマン時代の教会』(*The Norman Church*, 1948) や、短編集『楽団の傍らのテーブル』(*A Table Near the Band*, 1950)、エッセー集『年は来たりて去る』(*Year In, Year Out*, 1952) などが知られている。しかし、もっぱら児童書の作家として世間からみられるミルンのその後の作品は、世に受け入れられることがなかった。ただ、クリストファーにいわせると、それはある意味で仕方のないものであったということになる。

> 『プー横丁にたった家』が出版されたとき、父は四十六歳であった。それまで、彼の星は徐々にのぼってきていた。「グランタ」の編集者、「パンチ」の編集助手、成功した劇作家、そして、いまや、四冊のすばらしい子どもの本。しかし、『プー横丁にたった家』は、成功の頂点を画した本であった。その後に衰退がきた。父は、まえと同様、流暢に、優雅に書いていた。しかし、流暢さと優雅さだけでは十分ではなかった。世の中は、より強力な内容を求めていた。彼の最後の劇は一九三八年に上演された。それは失敗だった。大戦中、またライト・ヴァースにもどり、何週間かつづけて、A.A.M.は、また「パンチ」に返り咲いた。彼の技倆はまだ彼を見捨ててはいなかった。しかし、彼の読者が彼を見捨てていた。(『クマのプーさんと魔法の森』p. 276)

He was forty-six when *The House at Pooh Corner* was published. Up to then his star had been steadily ascending: editor of *Granta*, assistant editor of *Punch*, successful playwright, and now author of four brilliant children's books. But *The House at Pooh Corner* was to mark his meridian. After that came the decline. He was writing just as fluently, just as gracefully. But fluency and grace were not enough: the public wanted stronger meat. His last play was put on in 1938: it was a failure. During the war he returned to light verse, and for a number of weeks A. A. M. was back again in *Punch*. His skill had not deserted him, but his public had; ...（pp. 180-81）

　このクリストファーの言葉は厳しすぎるかもしれない。しかし、「いつも自分の書きたいものを書き、それが一般の人々の求めるものであったという幸福な作家」も、ついにその幸運を失うのである。また、一人息子のクリストファーとの関係も難しくなっていた。ミルンが児童文学から手を引いたのは、一つにはこれらの作品のために、息子がいじめにあうようになっていたからでもあったが、とくにパブリック・スクールのストゥ校（Stowe）に入ってからは、いじめがひどかったという。クリストファーは、その後父と同じくケンブリッジ大学に入り、その後志願して兵役に出るが、兵役が終わってからも定職につくことがなかった。このことには、父の名声と、自分がクリストファー・ロビンのモデルであることが、重荷になったということがあったようである。やがて彼は、両親の反対を押し切っていとことの結婚を宣告し、さらにこれも両親の強い反対を押し切って、ダートマス（Dartmouth）というイギリス西南部の海辺の小さな町で本屋を開くようになる。そして、そこで事実上両親との縁を断つのである。「父の子」として生まれ、「父」として子どもとの幸せなときを持ってきたミルンも、一つには息子をモデルにした作品があまりに有名になりすぎたために、晩年には「父であること」の難しさを味わうことになっ

たのである。これがミルン晩年の悲劇であった。

　57歳のときに書いた『自伝』は、ミルンにとって自分の幼年期の思い出をもういちど生きなおすものであったといえるだろう。作品は1929年に48歳で病死した兄ケンに捧げられている。ちなみに、その兄の葬儀では、哀しみに耐えかねたミルンは、葬儀に加わることなく教会の外に立ち続けたという。『自伝』を出した翌年には、ミルン夫妻はロンドンを引き払い、コッチフォード・ファームに移った。一人息子とは遠く離れ、近所の人と交わることもなく、その地での生活を続ける。70歳になる1952年の秋には心臓の発作を起こし、その後3年余の療養の後に、妻に看取られて、1956年1月31日にミルンは74歳でこの世を去った。妻のダフネは夫の死後15年間生きたが、息子のクリストファー夫妻と交わることはなかった。

　母の死後に父の印税を引き継ぎ、ようやく生活の安定を得たクリストファーが、両親との愛憎の歴史を乗り越えて、その「思い出の記」である『クマのプーさんと魔法の森』を書くのは、1974年になってからである。これを書くことによって、クリストファーはようやく父親とクリストファー・ロビンの影から抜け出すことができたのである。それはまた、クリストファーがエッセイストとしての道を歩き出すきっかけとなるものでもあった。

　こうして、必ずしも幸せとはいえない晩年を過ごしたミルンであったが、しかしその死後には、4冊の子どもの本と、子どもの劇が残った。ミルンの児童書は世界中で読まれて、彼の生存中にすでにその数は700万部を超えていた。そして今なお作品が生き続けていることは、冒頭に記したとおりである。二つの「父と子の関係」をもとにして作り出されたといえる作品世界は、今も世界の人々の心をとらえて離さない古典になっているのである。

II

作品小論

はじめに

　A.A.ミルンの膨大な著作は、児童文学作品だけに限っても、フェアリー・テイルズや児童劇なども含めると十数点にもなる。ここでは、その中で代表的な作品である4冊の本、すなわち2冊の幼年詩集と2冊の物語について詳述する。ミルンの児童文学作品を論じる際には多様な視点が可能だが、次の4つの点に焦点を当ててみたい。まず、ミルンの幼年詩について「ライト・ヴァース」（light verse）という観点から述べ、次に、ミルンの児童文学作品で使われていることば遊びをノンセンスとの関連で論じる。第3・第4の項では、『クマのプーさん』を中心に、その物語世界の特徴、さらに主人公プーについて考察を進める。少年クリストファーとクマのプーさんをはじめとする縫いぐるみをめぐる2冊の物語は、『クマのプーさん』と『プー横丁にたった家』にそれぞれ10話ずつ、あわせて20話の独立したお話からなっている。

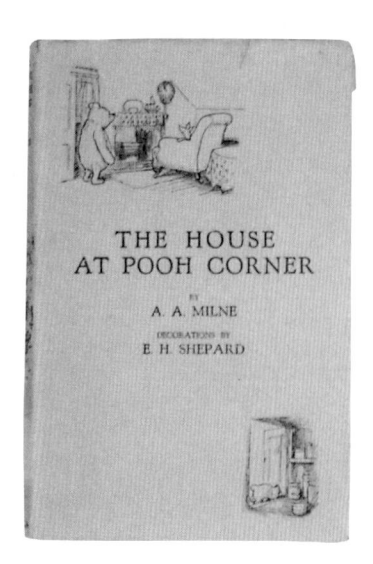

◇『プー横丁にたった家』初版
（*The House at Pooh Corner*, Methuen. 1928）の表紙。
© Methuen

1．ミルンと幼年詩

　ミルンが児童文学作品を手がける直接のきっかけは、息子クリストファー・ミルン（Christopher Milne）の誕生である。ミルン自身、最初に出版された幼年詩集『クリストファー・ロビンのうた』（*When We Were Very Young*, 1924）の冒頭で、「クリストファー・ロビンがいなければ幼年詩を書くことはなかっただろう」と述べている。同時に、一人息子の姿に触発される形で書かれたこの幼年詩集には、作者自身の幼少の想い出が重なっている（本著「その生涯」を参照）。44編からなる詩集には、ミルンにとって初めての幼年詩 「夕べの祈り」（"Vespers"，1922）」が収録されている。ミルンの幼年詩集は、これと『クマのプーさんとぼく』（*Now We Are Six*, 1927）の2冊である。

　35編からなる『クマのプーさんとぼく』には、前著と比べてクリストファーが成長していることもあり、物語詩の比重が増えているなどの特徴がある。また、この2冊の幼年詩集の他に、2冊の児童文学作品に挿入された詩も、ミルンの幼年詩として忘れてはならない。『クマのプーさん』（*Winnie-the-Pooh*, 1926）と『プー横丁にたった家』（*The House at Pooh Corner*, 1928）の主人公プーは、「百ちょ森」（100 Aker Wood；百町森（100 Acre Wood）の言い間違い）を代表する詩人である。2冊の『プー』に挿入されるプーが作った詩は、全部で19編にもなる。プー以外に詩作をする者といえば、2冊の物語の最終章でクリストファー・ロビンに贈る詩を書くロバのイーヨー（Eeyore）だけだが、イーヨーは自作の詩を発表する前に、「従来」（hitherto）この森の詩はプーだけに任せてきたこと、今回が例外であることを宣言している。理屈や難解な

ことは苦手な「ひじょうに頭のわるいクマ」（a Bear of Very Little Brain）でありながら、プーはあらゆる機会に詩を作る。プーの詩は、身体的なリズムからごく自然に生まれ出す。木登りをしながら、森を歩きながら、体操をしながら、プーは自作の詩を口ずさむ。他の仲間が困って考え事をしているときでさえ、それは、プーにとっては考えるよりも詩を作るときなのである。イーヨーがなくしたしっぽを発見したり、洪水の日コブタ（Piglet）を救出するのに活躍したりしたときにも、プーは、自分自身を讃える詩まで自分で作っている。

　2冊の詩集と2冊の『プー』に収録されている詩は、内容的にも形式的にも多岐にわたるものである。中には「ラッパずいせん」（"Daffodowndilly"）や「すいれん」（"Water-Lilies"）のようにやや抒情的で感傷的な作品もあるが、ミルンの幼年詩は、通常ライト・ヴァースとしてジャンル分けされるものが中心である。ライト・ヴァースの特徴は、その主題が取るに足らないものであろうと重要なものであろうと、明るく軽い（light-hearted）調子で扱うことにある。ミルンの幼年詩の場合、作品の目的は、もっぱら読者を楽しませ笑いを喚起することにある。ライト・ヴァースは、美や真実などを直接的に扱うシリアスな詩に対抗するもので、ユーモアを持ち味とする詩であると同時に、W. H. オーデン（Wystan Hugh Auden, 1907-73）が指摘するように、完璧なリズムとライム（脚韻）を創り出すための、洗練されたテクニックによって生み出される詩でもある。ミルン自身、『自伝』の中で、自作の幼年詩を「真剣に作られたライト・ヴァース」と呼んでいる。ライト・ヴァースに使われるテクニックには様々なものがあるが、その中でミルンの幼年詩にみられるものは、主にパロディ（parodies）、ジングル（jingles）、ノンセンス（nonsense）などである。ノンセンスに関しては次の項で詳しく取りあげる。ここ

では残る二つについて例示したい。

　パロディは、原典を模倣したり揶揄したりして創作される詩である。幼年詩の場合、著名なナーサリー・ライム（Nursery Rhyme）が原典として使われることが少なくない。たとえば、ヴィクトリア朝の代表的詩人クリスティーナ・ロセッティ（Christina Rossetti, 1830-94）の幼年詩集『シング・ソング』（*Sing-Song*, 1872）は、明らかに既存のナーサリー・ライムの影響を受けている。

　一方、ミルンの幼年詩の中でパロディとみなされるものは、物語詩『クリストファー・ロビンのうた』収録の「ボーピープとボイブルー」（"Little Bo-Peep and Little Boy Blue"）1編のみである。ボーピープとボイブルーは、それぞれマザーグース（Mother Goose）の中の有名な唄に出てくる女の子と男の子である。ミルンは、二つのナーサリー・ライムを組み合わせて、一つの物語にしている。二人とも羊飼いで、うっかりうたた寝してしまったすきに、羊がどこかへ行ってしまう。詩の中で、二人はいなくなった羊のことで、お互いに同情し合い慰め合う。原典に忠実に、ミルンの詩でも、ボーピープの羊は戻ってきてもボイブルーのは戻っては来ないことがほのめかされる。詩の最後には、二人は結婚を約束するという幸福な結末（ハッピー・エンディング）に行き着く。「ボーピープ」は、『クマのプーさん』の中でも使われている。「イーヨーが、しっぽをなくし、プーが、しっぽをみつけるお話」（"In which Eeyore loses a tail and Pooh finds one"）は、行方不明の羊を探すうち、「……ボーピープは近くのまきばにまよいこみ ／ ずらりとならんだ尻尾をみつけた ／ 枝につるしてほしてある」（Bo-peep did stray / Into a meadow hard by, / There she espied their tails side by side, / All hung on a tree to dry.）という部分の踏襲である。

　ジングルとは、特に意味のない語の反復によって、詩に威勢

のよさや調子のよさを感じさせる手法である。反復される語は、「ヘイ」（hey）「ヘイホー」（Heigh ho）「ヘイ、ディドル、ディドル」（Hey, diddle diddle）といった口調がよくて覚えやすいものが多く、ナーサリー・ライムによく用いられる。ミルンの幼年詩には多くのジングルの例がみられる。たとえば、『クリストファー・ロビンのうた』の「まがりかど」（"Corner-of-the-Street"）の最後の「ツツツィー／ツツツィー／おっとっと」（Tweet! Tweet! Tweet!）、あるいは「くつとくつした」（"Shoes and Stockings"）で何度も反復される「トン　トン　トン」（*Hammer, hammer, hammer*）や「ペチャ クチャ ペチャ」（*Chatter, chatter, chatter*）などである。また、特にわかりやすい例としては、「ぴょこん　ぴょこん」（Hoppity, hoppity, hop）と、リズミカルな語が挿入・反復されているスキップ唄「ぴょこん」（"Hoppity"）や、「ぐるぐる／ぐるぐる」（*round* about／And *round* about）と、目が回るまで、何度も繰り返しテーブルの周りを回り続ける一人遊びの唄、「いそがしい」（"Busy"）といった詩にも、ジングルが活かされている。

　また、前述のように、『プー』の詩にもリズミカルなものが多い。雪の日に外を歩くとき口ずさむ詩では、「ポコポン」（tiddley-pom）といった語が繰り返される。「タララ・タララ」（Tra-la-la, tra-la-la）といったリズミカルな言葉の繰り返しだけに終始する「やせる体操」（Stoutness Exercises）用の詩もある。特に、「ホ！とうたえよ、クマのこんかぎりに」（Sing Ho! for the life of a Bear!）は、ある晴れた気持ちのいい日、詩人プーが思いついたこの１行の威勢のよさから作られた詩で、そこに唄われるプーの呑気さと楽天性は、ミルンのライト・ヴァースの特徴を示す格好の例である。こういった詩が登場する章には、それぞれ、ふとした思いつきにすぎないリズミ

カルな語句を、プーがどのように詩へと発展させていくかといった詩作風景や、実際に口ずさんだり教えたりすることで、仲間に自作の詩を伝えていく様子が詳述されている。

さらに、語の反復と調子のよさという観点からみると、『クマのプーさんとぼく』の中にあるスイングのリズムが感じられる「ブランコのうた」("Swing Song")や、かぞえ唄を思わせる「おわりに」("The End")などもジングルの手法を活かしたライト・ヴァースであるといえる。

『プー』の中の詩は、H・フレイザー＝シムソン（H. Fraser-Simson）が曲をつけ、『プーさん歌の本』として1924～29年に6冊のシリーズとして刊行された。また、67曲のうち6つの歌を使って編纂された『プーさんのハミング』（The Hums of Pooh, 1929）という本も出版されている。原典と比べると、フレイザー＝シムソンが曲をつけた詩には、歌として口ずさみやすいように手が加えられていることがわかる。たとえば、プーがどろんこの中でころげ廻りまっ黒になって、雨雲のふりをして青い風船につかまって空を飛ぶ場面で歌う「雲がうたいそうな、小雲のうた」(a little Cloud Song, such as a cloud might sing)には、最後に「青空にうかぶ／雲はたのし！」(How sweet to be a Cloud ／ Floating in the Blue！) の2行が、もう一度リフレインとして加えられている。このようにして生まれたプーの歌は、賛美歌やナーサリー・ライムと並んで、かつてはイギリスの子どもたちが好んで口ずさんだものであった。歌全体がもつ楽しげで明るい調子に加え、語彙の平易さと詩の簡明さが、子どもたちの愛唱歌となった最大の原因であると考えられる。子どもの世界を子どもの言葉で表現しようとするミルンの努力は、このプーの詩からもうかがえる。

ミルンの幼年詩は、最初の幼年詩集が発刊された当時と変わらず、子どもの言葉で、子どもの心を表現した、まさに子ども

のための詩として、今でも高い評価を得ている。ここで、「夕べの祈り」についてもう一度考えてみたい。「夕べの祈り」が、2歳の息子が祈る姿をミルンが詳細に観察して創られたものであることは、よく知られている。だがよく読むと、ハンフリー・カーペンター（Humphrey Carpenter）が指摘するように、この詩の男の子は「お祈りなどしていない」ことがわかる。同時に、詩全体が「形ばかりのお祈り」を揶揄していることに気づかされる。ミルンの一見可愛らしい幼年詩の背後には、常に当時の著名な諷刺作家の冷静な「大人の目」があることを、ある年齢以上の読者であれば意識せずにはいられない。だが、プーさんの歌の例にみられるように、大人の目で子どもの世界を描き出したミルンが、子どもの趣向を正しく把握していることもまた事実である。ピーター・ハント（Peter Hunt）は、ミルンの児童文学作品における「焦点のあいまいさ」を指摘する。子どもというものを冷静に観察する大人作者と、わが子を見守る保護者としての父親という両者の間で、客観と主観という相反する視点が揺れ動くことによって生じる「焦点のあいまいさ」こそが、ハントによれば、ミルン作品が大人と子ども両方の読者に受け入れられる要因となっているのである。また、知識や経験の差異にもかかわらず、できる限り子ども読者に歩み寄ろうと努力する大人作者の姿勢は、わかりやすい表現や語彙を選ぶべく細心の注意を払いながら、わが子に物語を話して聞かせる父親の姿を想起させる。「その生涯」で詳述しているように、ミルンの児童文学世界は、イギリス中流家庭における伝統的な父子間のストーリーテリングの反映なのである。

2．ことば遊び —— ノンセンス ——

　ミルンの代表的児童文学作品、すなわち2冊の詩集と2冊の『プー』では、ことば遊びが駆使されている。ミルンがノンセンス詩人の一人とみなされる所以である。まず、2冊の詩集の物語詩は、そのほとんどがノンセンスなプロットをもっている。
　たとえば、『クリストファー・ロビンのうた』の中に「王さまのあさごはん」("The King's Breakfast")という詩がある。ある朝パンにぬるバターがほしいと王様が言い出し、王妃様が「バターはないかしら／王さまのパンにぬるの」("Could we have some butter for / The Royal slice of bread?")とたずね歩く。王妃様から牛乳屋の娘へ、牛乳屋の娘から牧場の牛へと伝言されていくという経緯で始まる。この後、王様の朝食のパンにぬるバターをめぐって、ちょっとした騒動が繰り広げられる。マーマレードを試すことを勧められた王様が己の不幸を嘆き哀しむため、結局はバターが届けられ、王様はご満悦でめでたしめでたしという結末に至る。まるで慈母のごとく寛容な王妃や牛乳屋の娘といった女性たちに対して、王様は終始まるで幼い子どものように振る舞っている。ミルンの物語詩に登場する大人たち、特に王や騎士といった高い地位にある男性たちには、一様に発想や行動が子どもっぽい特徴がある。
　例をあげると、「わるい騎士ブライアン・ボタニー」("Bad Sir Brian Botany")や「よろいをギシギシいわせない騎士の話」("The Knight Whose Armour Didn't Squeak")のサー・トマス・トム（Sir Thomas Tom）は、まったく騎士らしくなく、ただ愚かな振る舞いと子どもっぽさが印象に残る。いずれも滑稽な人物で、勇敢さや高潔さとは無縁の存在である。王様にしても、「王さまのあさごはん」の王様と大差ない者たちば

かりである。「ジョン王さまのクリスマス」("King John's Christmas")のジョン王も、「皇帝陛下の詩」("The Emperor's Rhyme")のペルーの皇帝陛下も、一つのことに固執して一生懸命になる。この集中力と、固執している内容のたわいなさは、やはり子どもを連想させる。さらに、「ネムリネズミとおいしゃさん」("The Dormouse and the Doctor")の医者にしても、職業から抱かせる期待に反して、まったく頼りにならない。患者であるネムリネズミの気持ちが、これっぽっちも理解できないので、とんちんかんな治療をほどこす。勝手な解釈のもと多大な労力を使って、ネムリネズミが大好きな青いヒエンソウと赤いゼラニウムを黄色と白のキクに植えかえてしまうのである。医者の思惑どおり、ネムリネズミはよくなるが、それは目を閉じて想像の世界で楽しんでいるからにすぎない。

　かくのごとく、重要人物であるはずの大人たちが、ミルンの物語詩では、ばかばかしいことや取るに足らないことで大騒ぎをしたり、的外れな言動に固執したりするのである。こういった大人の登場人物たちは、ルイス・キャロル（Lewis Carroll, 1832-98）の『不思議の国のアリス』（*Alice's Adventures in Wonderland*, 1865）や『鏡の国のアリス』（*Through the Looking-Glass*, 1871）の登場人物たちを彷彿とさせる。子どもっぽい大人の登場人物は、その愚行によって笑いを喚起させる。喜劇役者にとって、己を劣った者に見せる役作りは、観客を笑わせる上でもっとも基本的なものであり、劣った者として頻繁に取り入れられるのが、子どもである。いい年をした大人が、年端もいかない子どものように振る舞うことほど滑稽なものはない。『アリス』の登場人物やミルンの物語詩の大人の登場人物の子どもっぽさは、この道化の演技に通じるものであるといえよう。また、『プー』の登場人物は、子どもっぽさを体現する大人というよりは就学前の子どもを連想させるが、彼ら

が真剣になればなるほど、その言動はいよいよ笑いを誘う効果を上げる。ミルンの登場人物の滑稽さは、決してふざけているわけではないということに端を発する。彼らが提供する笑いが、「大真面目にとぼけている」(whimsical)と形容される所以である。ミルンの児童文学作品のこういった部分にかいま見られるのは、優れた喜劇作者としてのミルンの資質である。

　さらに、『プー』のノンセンスなことば遊びでもっとも顕著なものが、言い間違い（あるいは書き間違い）による造語である。主人公のプーからして「頭のわるいクマ」なので、たいていの言葉を正しく言えない。大好きな「ハチミツ」(honey)も綴りを間違って「ハチミチ」(HUNNY)と壺に書いているし、「てがみ」(Message)は言い間違いで「てまみ」(Missage)に変わってしまう。森いちばんの教養人であるはずのフクロ（Owl）にしても、口頭ではずいぶんと難しい語も扱えるが、読み書きの方は、自分の名前は「クフロ」(Wol)としか綴ることができないといった程度である。しっぽをなくしたイーヨーのために、プーはフクロを訪ねてどうすればいいか相談するが、二人の間で交わされる会話は、言い間違いのためにかみ合うことなく進んでいく。フクロが使う「慣習的処置」(customary procedure)という難語がプーにはわからない。そこで、勝手に自分にわかることばを適当に組み合わせた語に置き換え、「カシテキショウユ」(Crutsimoney Proseedcake; プーの造語の中の「ケーキ」(cake)を上手く活かして「菓子」に置き換えた石井訳)とは何のことかと尋ねたりする。フクロは次に、「まず薄謝を贈呈することとする」(First, Issue a Reward)というのだが、「薄謝」などという難しい語は理解できないプーがくしゃみの音と勘違いしてしまうのである。

　『アリス』を思い起こさせる二人の会話のずれは、笑いを誘う。このずれは語彙力の差によるものであることは明らかだが、

フクロが日常会話の中に不必要に格式張った語を挿入させているという、状況判断の不適切さにも端を発するのである。このように、プーとフクロの会話が提示する笑いは、読者の年齢層によって多様なレベルで楽しめるものだが、これは『プー』の笑いの要素の特徴である。たとえば、イーヨーは、学のあるフクロに負けず劣らず必要以上に勿体ぶった言い回しを好み、何かにつけ悲観的見解を示す。「しめっ地」（gloomy place）に住む陰気なイーヨーは、陽気なプーと好対照をなすことが多い。このイーヨーが提供する笑いなどは、ハントの言葉を借りるまでもなく、どちらかというと大人読者向けである。

　さらに、こうした言い間違いは、結果として実在しないものの創造にすら行き着くことがある。エリザベス・シューエル（Elizabeth Sewell）の言葉を借りれば、ノンセンスとは、その背景として必然的に無を有することば遊びである。無は、『プー』の中にも存在している。ノンセンスにおける無とは、つまり、言葉が指すものが実在しないという無である。エドワード・リア（Edward Lear, 1812-88）の『ノンセンス植物事典』（Nonsense Botany, 1877）に掲載されている摩訶不思議な植物群、ノンセンス詩・物語の中で活躍するヨンギー・ボンギー・ボウ（Yonghy-Bonghy-Bo）やクォングル・ウォングル（Quangle Wangle）、あるいはキャロルの『鏡の国のアリス』で知られるジャバーウォッキー（Jabberwocky）が実在しないものであるように、ノンセンスには、名前だけがあるものが出てくるのである。『プー』には、クリストファー・ロビンやプーの言い間違いから生まれる動物、ゾゾ（Heffalump）とモモンガー（Woozle）が登場する。それぞれ、「ゾウ」（elephant）と「イタチ」（weasel）を言い間違った名称である。モモンガーについては、プーはさらに「ミミンガー」（Wizzle）という名のもう一つの種を創り出す。

言い間違いをさらに助長して、笑いの効果を倍増させてくれるのが、コブタである。コブタはプーと一緒にゾゾをつかまえようと罠を用意するが、じつは臆病なのでこわくてたまらず、その夜は夢にゾゾを見てうなされ、目がさえてしまう。ゾゾがいないことを確かめたくて、そっと罠の場所へ行ってみると、そこには落とし穴に仕掛けたハチミツ壺に頭をつっこんで、とれなくなってしまったプーがいたのである。ゾゾに遭遇したと思い込んで恐慌状態に陥り、クリストファー・ロビンのもとへ助けを求めてとんで行くコブタの言動は圧巻である。大騒ぎの最中に、「おっそろしいゾゾ」（Horrible Heffalump）は、「おっそるしいゾロ」（Herrible Hoffalump）や「ぞうぞろしいゾロ」（Hoffable Hellerump）へと変わっていく。こうしたコブタの言葉もつれは、クリストファー・ロビンの言い間違い同様、英語の「ゾウ」（elephant）が、幼児にとっては発音が難しい語であることにも起因している。

　オーピー夫妻（Iona and Peter Opie）の報告によれば、子どもたちは通常4～5歳くらいになると、正しく記憶しているナーサリー・ライムをわざと間違って暗唱することを試みるようになる。これは両親に対するささやかな反抗だが、オーピー夫妻が指摘するように、しっかりと保護されている安心感からくる無邪気な遊び以外の何物でもない。7～8歳くらいから始めるかえ歌遊びも、子どもたちが学校に慣れて、生活が安定してきたことを示すものである。だが『プー』の登場人物たちは、クリストファー・ロビンを含めて、わざと言い間違っているわけではない。この点で、まだささやかな反抗にすら至らない、就学以前の幼児を連想させる。

　モモンガー狩りにしてもゾゾ狩りにしても、いわば存在しないものを狩るわけで、きわめてノンセンスな冒険である。ノンセンスと無とのつながりに立ち戻ると、2冊の児童詩集にはど

こでもない場所が描かれている。典型的な例は、「はんぶんおりたところ」("Halfway Down")である。階段の途中にあるちょっと座って休憩するお気に入りの段は、「二かいでもない一かいでもないところ」(Isn't up, / And isn't down.)だから、「ぜったいに　どこでもない」(isn't really / Anywhere)し、「どこにもないところ」(somewhere else / Instead)なのである。また、「ひとりぼっち」("Solitude")の中の、誰にも行くことを止められない、誰も入ることができない「ぼくだけがいくおうち」(a house where I go)も、どこでもない場所の例である。

　『クマのプーさん』には、クリストファー・ロビンがてんけん（Expotition;「たんけん」（Expedition）をプーが言い間違ったもの）隊を引き連れて行く北極（North Pole）探検の話がある。この探検は、子どもが、世界という自分にとっては広大すぎて把握しきれないものを、どうにかして理解しようとするとき、とりあえず身近なものを材料に考えるという例である。と同時に、北極（ノース・ポール）などという百町森にあるわけがないもの、すなわち、もともと存在しない場所を探すというノンセンスに他ならない。クリストファー・ロビン自身、北極（North Pole）が場所であることどころか、どういうものかさえわかっていないのである。ウサギ（Rabbit）と内緒で話し合った結果、「地面に立ってる」(sticking in the ground)ポール（棒）だろうということになる。たまたま川に落ちたルー（Roo）を助けようとしたプーが棒（pole）を見つけたため、プーが北極の発見者ということになり、記念に棒を地面に立てる。駄洒落（pun）が落ちとなっているこの結末も、ノンセンスのことば遊びそのものであるといえよう。

3．『プー』の世界 ── 森の「魔法の場所」──

　ミルンの児童文学作品が、ごく幼い子どもたちにとってまったく安全な遊びの世界を提供するものだということは、評価されるべきであろう。『プー』の世界の仲間たちのほとんどが、クリストファー・ロビンの子ども部屋の縫いぐるみたちをもとに創造されたことは有名である。ピーター・ハントは、『プー』の動物たちが爪や牙をもたないことを指摘する。縫いぐるみだからといえば筋がとおるのだが、彼らは完璧に自立して自由に活動することもできる。この動物たちは、「命（あるいは魂）を与えられたおもちゃ」であると同時に、「擬人化された動物」でもある。こういった観点から、『プー』のファンタジー世界は、たとえばマージェリー・ウィリアムズ・ビアンコ（Margery Williams Bianco, 1881-1944）の『ビロードうさぎ』（*The Velveteen Rabbit*, 1922）のようなおもちゃのファンタジーと、ビアトリクス・ポター（Beatrix Potter, 1866-1943）の『ピーター・ラビット』（*Peter Rabbit*）シリーズ（1902-30）のような動物ファンタジーの両方の特性を兼ね備えているといえよう。『プー』の縫いぐるみ動物たちは、ビロードうさぎのように、子どもの遊びの世界では本物とみなされるおもちゃであり、ピーター・ラビットのように、人間とほぼ変わらない性格づけをされ行動する動物である。彼らは、ハントの造語をかりると、「擬似動物」（pseudo-animals）である。傷つけるための爪や牙をもたないということは、まったく危険がないことを意味する。本来であればプーやティガーは、クマやトラという猛獣だから一緒に遊ぶなどとんでもないのだが、擬似動物であれば何の問題もない。幼児にとっては理想的な遊び仲間である。
　さらに、プーをはじめ登場人物はみんな、クリストファー・

ロビンよりも劣った存在である。困ったときにはみんな、いちばん賢いクリストファー・ロビンのところへ行く。そして、ちょうど幼年詩「わすれられて」（"Forgotten"）の子ども部屋の忠実なおもちゃたちが、ジョンぼっちゃんが遊んでくれるのをひたむきに待っているように、『プー』の擬似動物たちも、おとなしくクリストファー・ロビンの指示を待つ。ミルンの児童詩には、たとえば「なってみたいな王さまに」（"If I Were King"）や「ブランコのうた」のように、幼児の王様願望が描かれているものが少なくない。「いうことをきかないおかあさん」（"Disobedience"）では、自分をおいて勝手に歩き回る母親を、幼児が「まちのはずれまでいってはだめだよ ／ ぼくといっしょでなくちゃ」（You must never go down to the end of the town, ／ if you don't go down with me）とたしなめる。この詩にみられるように、無条件に自分に従っていてほしいという願望は、幼年時代特有のものであるといえよう。『プー』の小さな物語世界では、クリストファー・ロビンは無条件に王様でいられるのである。『プー横丁にたった家』最後の章で、プーが騎士に任命される箇所では、クリストファー・ロビンが森の王であることがはっきりと示される。

　百町森のモデルが、かつてミルンが息子と散策を楽しんだ森であることはよく知られている。だが、完璧に安全な小さな王国という意味では、『プー』の世界は子ども部屋に近い世界であると考えられる。前項で示したように、ない場所を探す冒険も実在しない猛獣との遭遇も、すべてが架空の「ごっこ遊び」なので何の危険もない。ごっこ遊びが繰り広げられる子ども部屋は、守られた空間であり不可侵の領域である。ロバート・ルイス・スティーヴンスン（Robert Louis Stevenson, 1850-94）が『子どもの詩の園』（*A Child's Garden of Verses*, 1885）で描き出した、「まぼろしの子ども（a child of air）」が飽くことなく遊

び続ける世界と、ミルンの『プー』の世界はよく似ている。『アリス』の不思議の国や鏡の国も、J. M. バリ（James Matthew Barrie, 1860-1937）の『ピーター・パン』（*Peter Pan*）の「ネヴァー・ネヴァー・ランド」（Never Never Land）も、現実世界とは違う所に存在することが示唆されている。だが、ミルンの『プー』の世界は、バリの別世界のように、「おとなになりたがらない少年」（The Boy Who Wouldn't Grow Up）のための世界ではない。『プー横丁にたった家』の最終章、すなわち2冊の『プー』の最後で、ミルンはこの世界の境界線を明確にした。ノンセンスという無秩序の世界に境界線があるのと同様である。この境界線は、仮想空間が現実に侵入し脅かすことをさけるために、必要不可欠なものであるといえよう。『プー』の世界の境界線は、いわば子どもの世界と大人の世界との分岐点なのである。

　『プー』の最後の章「クリストファー・ロビンとプーが、魔法の丘に出かけ、ふたりはいまもそこにおります」（"In which Christopher Robin and Pooh come to an enchanted place, and we leave them there"）では、最初にはっきりと「クリストファー・ロビンは、いってしまうのです」（Christopher Robin was going away）と告げられる。学校へ行く年齢がきたクリストファー・ロビンは、もう『プー』の仲間とは分かち合うことができない世界を持つことになる。すなわち、この世界を出て行くのである。誰にもそう教えられたわけではないのに、みんなこのことを知っていて納得している。お別れに際してイーヨーが書いたクリストファー・ロビンに捧げる詩にも、全員が署名する。詩を手渡すときにも、誰一人はっきりとさよならを告げない。ただ、自分の役割を終え退場する劇の登場人物のように、一人また一人とその場を去っていく。あとにはプーだけが残されるが、いわば腹心の友であり忠実な家臣であるプーにも、これからクリストファー・ロビンが行く世界のことは理解できない。

『クマのプーさんとぼく』の最後の詩「おわりに」で示唆されるのは、年齢を重ねるほどに賢くなっていく幼児の様子である。現実のクリストファー・ロビンは毎年一つ年をとる。それは止められないことだけれど、こうして過去を振り返っても、いちばん大きくなった今こそが、「だれにもまけないおりこうさん」(as clever as clever) でいちばん賢いのだということがここで示される。そして、この詩の中で願っているように、児童文学作品の中で「このままいつまでも六つで」(be six now for ever and ever) いられるように創られた場所こそが、『プー』の森の「魔法の場所」(enchanted place) ではないだろうか。クリストファー・ロビンは、最終章で、自分が今の自分でなくなってしまっても、いつまでも、ときにはこの場所へ来ること、そして「ぼくが百になっても」(even when I'm a hundred) 忘れずにいてくれることをプーに約束させる。

　　……ふたりのいったさきがどこであろうと、またその途中にどんなことがおころうと、あの森の魔法の場所には、ひとりの少年とその子のクマが、いつもあそんでいることでしょう。

　　……wherever they go, and whatever happens to them on the way, in that enchanted place on the top of the Forest a little boy and his Bear will always be playing.

　この最後の箇所で、ミルンは魔法の場所がいつでもそのままそこにあること、そして大人になってからも、いつでも訪ねることができる場所であることを保証する。大人が訪れることができるというのは、バリのネヴァー・ネヴァー・ランドとの最大の相違点である。『プー』の森の魔法の場所は、永久に不滅なのである。

4．人生の「最初の友」プー

　さて前述のとおり、『プー』の疑似動物たちのモデルは、クリストファー・ロビンの縫いぐるみたちである。この中でクリストファー・ロビンのいちばんのお気に入りとして、常にいちばんそばにいるのが、1歳の誕生日プレゼントとして父のミルンから贈られたテディ・ベア（Teddy Bear）のプーである。
　テディ・ベアは、アメリカ第26代大統領シオドア・ルーズベルト（Theodore Roosevelt）にまつわる、1902年11月の有名なエピソードがもとになって造られたクマの縫いぐるみである。クマ狩りに出かけたものの5日間も獲物がとれずにいた大統領の前に、土地の人たちがまだ小さな子グマを捕まえて連れてくる。「どうぞお撃ち下さい」と言われた大統領は、しかし、これを拒否する。こんな小さなクマを撃つようなまねをしたら、もう二度とわが子の目をまともに見ることができなくなるだろうと言うのである。この美談は世の人々にたいへん賞賛され、当時の新聞に何日も書き続けられる。翌1903年、アメリカのモリス・ミヒトム（Morris Michtom）とドイツのマルガレーテ・シュタイフ（Margarete Steiff）によって、最初のテディ・ベアが誕生する。「テディ」とは、大統領のファースト・ネームであるシオドアの通称である。
　テディ・ベアは、子どもたちに'first friend'、すなわち人生における「最初の友」として与えられた縫いぐるみである。最初の友は、片時も離れず、自分が贈られた子どもの傍らにいることになる。『クマのプーさん』の最初の章を振り返ってみよう。パパのお話を聞くために階段を降りてくるクリストファー・ロビンは、片手で階段の手すりを、そしてもう片方の手でしっかりとプーの手を握っている。クリストファー・ロビ

ンの後ろから、プーは「バタン・バタン、バタン・バタン」(bump, bump, bump) という音を立てながら引きずられてくる。この章の語り手である父親は、息子が居間へやってくるときも2階へ再び戻っていくときも、階段にプーがぶつかるこの音で、その様子を知るのである。プーは、一緒に自分が主人公のお話を聞き、お話が終わると、また一緒に連れていかれる。この後お風呂に入るクリストファー・ロビンが、浴室へプーをお供に連れていくことが、イラストによって示される。

　この最初の章からは、プーがどれほどクリストファー・ロビンにとって、身近で大切で手放すことができない存在であるかがうかがわれる。『クマのプーさんとぼく』に、「ぼくたちふたり」("Us Two") という詩が収録されている。この詩の最初と最後の連(れん)(stanza) では、「ぼくがどこにいてもそこにはかならずプーがいる／いつもいっしょにプーとぼくがいる」(Wherever I am, there's always Pooh, / There's always Pooh and Me.) という2行が繰り返される。詩が描き出すのは、ともに学び、散歩に出かけ、冒険する無二の親友同士である。考えることも、かけ算の答えに至るまで、二人は同じである。鏡に映った似姿のように、幼児は最初の親友として、己と寸分違わぬものを求めがちである。前出のスティーヴンスンの詩集収録の「ぼくの影」("My shadow") は、「頭のてっぺんから足のつま先まで、まったくぼくとおなじ」(He is very, very like me from the heels up to the head) 影についての詩である。遊び方をあまりよく知らない影は、いつもぼくにぴったりとよりそっている。さながら、双子の兄弟の気弱なかたわれを思わせる。プーは、クリストファー・ロビンとまったく同じように行動してくれることから、この詩の影に似ているともいえよう。

　また、『クマのプーさんとぼく』の前半部には、「ビンカー」

("Binker")という詩がある。実体のない空想上の生物ビンカーの存在は、クリストファー・ロビンにしか知られていない。クリストファー・ロビンは、ビンカーのために、チョコレートも2切れもらってやったりして気を使う。ただし、「歯がはえたばかり」(his teeth are rather new)だから、かわりにビンカーの分も食べてやらなくてはならない。誰にも見えないからわからないけれど、クリストファー・ロビンが決して寂しい思いをしなくてすむように、いつも「なにをしているときもビンカーがそばにいる」(Whatever I am busy at, Binker will be there)のである。ビンカーは、トラやライオンのように勇敢で、いろいろとすばらしい性質を持っている。

　ビンカーは、バーリー・ドハーティ(Berly Doherty, 1943-)の幼児向け短編「ドラゴノザウルス」("The Dragonosaurs", 1990)を連想させる。生きたペットを飼ってもらえない主人公の男の子が考え出した、理想的な空想動物である。普段は小さくなってポケットの中でおとなしくしていてくれるが、ひとこと命じると大きなたくましい怪獣として現れ、男の子を背中に乗せて空を飛んだりしてくれる。ある日、男の子は近所の牛の出産を手伝い、その感謝のしるしとして、子牛の世話をさせてもらうことになる。この体験によって、男の子の心は、すばらしいドラゴノザウルスから離れていく。かわりに、生まれたての、弱々しいけれども、手で触れることができる温かな子牛を愛するようになるのである。

　ビンカーに関する詩はこの1作だけである。クリストファー・ロビンも、かっこいいビンカーではなく、「ばっかなクマ」のプーを愛するようになったことは明白である。プーは、いつもクリストファー・ロビンとともにいる。寝るのも起きるのも一緒で、一日中かたときも離れずそばにいる。これほど親密な友人を持つことができるのは、まさに幼年時代の特権であ

るといえよう。「ぼくたちふたり」の最後のイラストに描かれるプーは、階段を引きずられていくのではない。わずかに遅れながらも、クリストファー・ロビンの後から自分の力で昇っていく。幼児クリストファー・ロビンの世界では、2冊の『プー』の縫いぐるみ動物たちと同様、プーは「生きて」いるのである。

　イギリスの心理学者ウィニコット（D.W.Winnicott）は、このプーとスヌーピーで知られるピーナッツ・ブックスのライナスの毛布から、幼年期における「過渡的対象」（transitional object）に関する理論を確立する。「過渡的対象」とは、子どもが四六時中お気に入りとしてそばに置く対象であり、母親の胸を想起させるような柔らかいおもちゃや毛布であることが多い。母親と離れる寂しさから子どもを守り、初めて他者を愛するという関係を結ぶ手助けをする、という役割を担っている。まさに、人生の最初の友であるテディ・ベアを連想させる概念である。「過渡的」だから、永久にこのまま一緒にいられるわけではない。だが、ウィニコットがいうように、この対象は、たとえそばから消えてしまっても、決して完全に忘れ去られてしまうことはなく、いつまでも心のどこかに存在し続けるのである。さながら、いつもそこにあり、いつでも訪れることができる『プー』の森の魔法の場所のように。『プー』が、人生における最初の友についての物語であることは、大人の郷愁を誘う作品として愛され続ける理由の一つであると考えられよう。

III 作品鑑賞

Alan Alexander Milne

When We Were Very Young（1924）

Vespers[1]

Little Boy kneels[2] at the foot of the bed,[3]
Droops on the little hands little gold head.[4]
Hush![5] Hush! Whisper who dares!
Christopher Robin is saying his prayers.

━━━・━━━・━━━━・━━━━━━━・━━━

from "*When We Were Very Young*" by A. A. Milne, illustrated by E. H. Shepard
Copyright © Methuen Children's Books, London Reprinted 1975
English reprint anthology rights arranged with
Little, Brown & Company, Inc., London
through Tuttle-Mori Agency, Inc., Tokyo.

クリストファー・ロビンを主役として書かれた2冊の幼年詩集は、「子どもの言葉で子どもの世界を描いた」といわれるように、どの詩も語彙がやさしく音読しやすい。(韻やリズムに関するライト・ヴァースの手法については、「作品小論」を参照) ここに抜粋した二つの詩集からの詩を比較してみて、まず気づくのは、語りの違いである。1冊目の幼年詩集 *When We Were Very Young* から抜粋した詩ではいずれの場合も、子どもを観察し描写する大人が語り手となっている。この語り手は、詩の中にはっきりと姿を見せている。たとえば、"Vespers" では、子どもの心の中の独白やお祈りとは区別されたイタリック体部分で、第三者として語っている。また、"Hoppity" では、スキップをやめられないクリストファー・ロビンのことを 'Poor little Christopher' と言ったりしている。これに対して、2冊目の *Now We Are Six* から抜粋した詩では、大人の語り手は舞台裏に引いてしまい、クリストファー・ロビン自身の語りとして書かれている。さらに、2冊目の詩集に収められているのは、子どもの一人遊びを描く詩ばかりではない。たとえば、プーが登場する詩 "Us Two" は、独り言ではなくプーという仲間との対話から成り立っている。音読によって詩の韻やリズムを楽しむと同時に、こういった語りや視点の違いも読み取るようにしたい。

Vespers（鑑賞：第1連と第6連は同じ繰り返しだが、読み進んでくると第6連の意味合いはおのずと異なってくる。）
1 **Vespers**「夕べの祈り」= evensong, evening prayer : 朝の祈り（Morning Prayer）とともに毎日行うべき祈り

God bless Mummy. I know that's right.
Wasn't it fun in the bath tonight?
The cold's so cold, and the hot's so hot.
Oh! God bless Daddy — I quite forgot.

If I open my fingers a little bit more,
I can see Nanny's dressing-gown on the door.
It's a beautiful blue, but it hasn't a hood.
Oh! God bless Nanny and make her good.

Mine has a hood, and I lie in bed,
And pull the hood right over my head,[6]
And I shut my eyes, and I curl up small,[7]
And nobody knows that I'm there at all.

Oh! Thank you, God, for a lovely day.
And what was the other I had to say?
I said "Bless Daddy," so what can it be?
Oh! Now I remember it. God bless Me.

Little Boy kneels at the foot of the bed,
Droops on the little hands little gold head.
Hush! Hush! Whisper who dares!
Christopher Robin is saying his prayers.

■■■　　　　　　　　■■■　　　　　　　　■■■

2　**kneels** < kneel [níːl]「ひざまずく」名詞はknee [níː]「ひざ」
3　**at the foot of the bed**　「ベッドのすそに」
4　**Droops on the little hands little gold head.**　「小さな金色のおつむを小さな両手にのせている」Droops little gold head on the little handsの倒置。
5　**Hush!**　「シーッ！」「静かに！」
6　**pull the hood right over my head**　「頭からフードをすっぽりかぶる」
7　**curl up small**　「丸くなって寝る」

Halfway Down

Halfway down the stairs
Is a stair
Where I sit.
There isn't any
Other stair[8]
Quite like
It[9].
I'm not at the bottom[10],
I'm not at the top;
So this is the stair
Where
I always
Stop.

Halfway up the stairs
Isn't up,
And isn't down.
It isn't in the nursery,
It isn't in the town.
And all sorts of funny thoughts
Run round my head[11]:
"It isn't really
Anywhere!
It's somewhere else
Instead![12]"

━━━━━━━━━━━━━━━━━━━━━━━━━━━━━━━━━━━━━━

Halfway Down(鑑賞:「上り」(up) でも「下り」(down) でもないところに広がる空想の別世界。)

8 **stair**「(階段の)段」ひと続きの階段は複数形 stairs *cf. l.1.*
9 **There isn't any / Other stair / Quite like / It.**「この段みたいな所[段]は他にない」
10 **bottom**「(階段の)いちばん下」→ top *l.9.*
11 **all sorts of funny thoughts / Run round my head**「ありとあらゆるおかしな考えが頭の中をかけめぐる」
12 **Instead**「そのかわり、それよりもむしろ」 ＊前の行全体にかかる。

Hoppity

Christopher Robin goes
Hoppity, hoppity[13],

Hoppity, hoppity, hop.
Whenever I tell him
Politely[14] to stop it, he
Says he can't possibly stop.[15]

If he stopped hopping, he couldn't go anywhere,
Poor little Christopher
Couldn't go anywhere . . .
That's why he *always* goes
Hoppity, hoppity,
Hoppity,
Hoppity,
Hop.

■━━━━━━━━━━━━━━■━━━━━━━━━━━━━━■

Hoppity（鑑賞：子どもは気に入った行為をあきるまで繰り返す。）
13 **hoppity**「ぴょこん」（小田島訳）動詞 hop「ぴょんとはねる」の派生語。
14 **politely**「ていねいに」
15 **can't possibly stop**「どうしても、やめられない」＊ cannot + possibly で「どうしても〔とても〕〜できない」の意。i.e.) I couldn't possibly afford a ticket.「とても切符を買う余裕などなかった」

Now We Are Six (1927)

Binker

Binker — what I call him — is a secret of my own,
And Binker is the reason why I never feel alone.
Playing in the nursery, sitting on the stair,
Whatever I am busy at, Binker will be there.
    Oh, Daddy is clever, he's a clever sort of man,
    And Mummy is the best since the world began,[1]
    And Nanny is Nanny, and I call her Nan[2] —
        But they can't
        See
        Binker.

Binker's always talking, 'cos[3] I'm teaching him to speak[4]:
He sometimes likes to do it in a funny sort of squeak[5],
And he sometimes likes to do it in a hoodling sort of roar [6]...
And I have to do it for him 'cos his throat is rather sore[7].

---

    from "*Now We Are Six*" by A. A. Milne
    Copyright ⓒMethuen Children's Books, London Reprinted 1970
    English reprint anthology rights arranged with
    Little, Brown & Company, Inc., London
    through Tuttle-Mori Agency, Inc., Tokyo.

Binker（鑑賞：Binkerはだれも知らない自分だけの心の友だち。表現の繰り返しが作り出すリズムが楽しい。）

1　**the best since the world began**「世界でいちばんすばらしい人」
2　**Nan** Nanny（乳母、ばあや）を縮めた言い方
3　**'cos** = because《口語》
4　**I'm teaching him to speak** = I am teaching him how to speak
5　**a funny sort of squeak**「おかしな感じのきいきい声」squeakは、赤ん坊がきいきい泣いたり、ネズミなどがちゅうちゅう鳴いたりするとき立てる声。
6　**a hoodling sort of roar**「うぉーというようなうなり声」hoodlingは、hoodlum（= a violent and noisy young man）の形容詞hoodlish《口語》から派生した語。
7　**his throat is rather sore**「ビンカーはのどがちょっと痛いから」soreは「ちょっと触れても痛い、ヒリヒリする」といった意の形容詞。

Oh, Daddy is clever, he's a clever sort of man,
And Mummy knows all that anybody can,
And Nanny is Nanny, and I call her Nan —
   But they don't
   Know
   Binker.

Binker's brave as lions when we're running in the park;
Binker's brave as tigers when we're lying in the dark;
Binker's brave as elephants.　He never, never cries. . .
Except　(like other people)　when the soap gets in his eyes[8].

Oh, Daddy is Daddy, he's a Daddy sort of man[9],
And Mummy is as Mummy as anybody can[10],
And Nanny is Nanny, and I call her Nan. . .
   But they're not
   Like
   Binker.

8　**Except ... when the soap gets in his eyes**「石鹸が目に入ったときはべつだけど」
9　**a Daddy sort of man**「いかにもパパらしい人」
10　**Mummy is as Mummy as anybody can**「ママはどのママにも負けないくらいママらしい」

Binker isn't greedy[11], but he does like things to eat[12],
So I have to say to people when they're giving me a sweet,
"Oh, Binker wants a chocolate, so could you give me two?" [13]
And then I eat it for him, 'cos his teeth are rather new.[14]

Well, I'm very fond of Daddy, but he hasn't time to play,
And I'm very fond of Mummy, but she sometimes goes away,
And I'm often cross with Nanny[15] when she wants to brush my hair...

But Binker's always Binker, and is certain to be there.[16]

Us Two

Wherever I am, there's always Pooh,
There's always Pooh and Me.
Whatever I do, he wants to do,
"Where are you going today? " says Pooh:
"Well, that's very odd[17] 'cos I was too.

---

11 **greedy**「食い意地の張った、がつがつした」
12 **does like things to eat**「食べ物はとっても好き」doesは文中の主要な動詞 like を強調している。
13 **Binker wants a chocolate, so could you give me two?**「ビンカーがチョコレートをほしいと言っているので、二ついただけませんか」
14 **I eat it for** (= instead of) **him, 'cos** (= because) **his teeth are rather new**「そのチョコレートは、ぼくがかわりに食べてあげるんだ。だって、ビンカーは歯がはえたばかりだから」
15 **I'm often cross with Nanny**「ばあやのことは、よく頭にくる」　＊ be cross with
16 **and** (he) **is certain to be there** = and it is certain that he is there「ビンカーは、きっとそこにいる」

Us Two（鑑賞：Binkerは目に見えない空想の友だちだが、縫いぐるみのPoohはいつもそばにいる生きている心の友だち。）
17 **odd**「思いがけない、意外な」

Let's go together," says Pooh, says he.
"Let's go together," says Pooh.

"What's twice eleven?[18]" I said to Pooh,
("Twice what?" said Pooh to Me.)
"I *think* it ought to be twenty-two."
"Just what I think myself[19]," said Pooh.
"It wasn't an easy sum[20] to do,
But that's what it is," said Pooh, said he.
"That's what it is," said Pooh.

"Let's look for dragons," I said to Pooh.
"Yes, let's," said Pooh to Me.
We crossed the river and a found a few —
"Yes, those are dragons all right," said Pooh.
"As soon as I saw their beaks[21] I knew.
That's what they are," said Pooh, said he.
"That's what they are," said Pooh.
"Let's frighten[22] the dragons," I said to Pooh.

---

18 **What's twice eleven?**「11の2倍っていくつ？」＊ two times eleven
19 **Just what I think myself**「ぼくの答えとまったく同じだ」＊ think oneself
20 **sum**《話》「算数の計算問題」
21 **beaks** < beak 「くちばし」
22 **frighten**「おどして追い払う」

"That's right,"[23] said Pooh to Me.
"*I'm* not afraid," I said to Pooh,
And I held his paw[24] and I shouted "Shoo![25]
Silly old dragons!" — and off they flew[26].
"I wasn't afraid," said Pooh, said he,
"I'm *never* afraid with you.[27]"

So wherever I am, there's always Pooh,
There's always Pooh and Me.
"What would I do?" I said to Pooh,
"If it wasn't for you[28]," and Pooh said: "True[29],
It isn't much fun for One[30], but Two
Can stick together[31]," says Pooh, says he.
"That's how it is," says Pooh.

---

23 **That's right**「いいとも」
24 **held**（< hold）**his paw**「プーの前脚を握る」
25 **Shoo!**「シーッ、シーッ！」犬・鳥などを追い払うときに発する声。
26 **off they flew**「飛んで逃げた、逃げ去った」they flew（< fly） offの倒置。
27 **I'm never afraid with you.**「きみといれば、こわいものなんてない」
28 **If it wasn't for you** = If it were not for you「もしきみがいなければ」
   ＊ if it were not for〜 = but for〜
29 **True** = It is true that〜「〜はいかにもそのとおり」
30 **It isn't much fun for One**「ひとりだと、あまりおもしろくない」
31 **stick together**《話》「（逆境などで）互いに協力する、一致団結する」

Winnie-the-Pooh (1926)

In which we are introduced to Winnie-the-Pooh and some Bees, and the stories begin

from "*Winnie-the-Pooh*" by A. A. Milne, illustrated E. H. Shepard
Copyright © Methuen Children's Books, London Reprinted 1978
English reprint anthology rights arranged with
Little, Brown & Company, Inc., London
through Tuttle-Mori Agency, Inc., Tokyo.

『クマのプーさん』(Winnie-the-Pooh) の第一話。父ミルンが息子のクリストファーにせがまれて話を始める場面から始まり、やがて話が終わると、再び父と子のいる場面になる。その間にお話がはさまれるこの第一話は枠構造を持っており、父親が子どもにストーリーテリングをするさまをリアルに伝えている。話は、子どもの持っている縫いぐるみが生きて活躍するファンタジーになっている。頭は悪いが、たえず考えるクマであるプーさんは、独特のアイディアを持つ想像力豊かなクマであり、同時にその自分のアイディアをただちに行動に移していく果敢な行動性を持っている。そのプーに現実主義者であるクリストファーがからむのが、ここにある話である。(この両者はそれぞれに典型的な子ども性を示しているといえよう。)一般的には幼年向きの単純な童話とされているこの作品には、実は優れた劇作家でありエッセイストであったミルンの自在な語り口がみられる。そのことも味わいたい。

Here is Edward Bear[1] , coming downstairs now, bump, bump, bump, on the back of his head[2], behind Christopher Robin. It is, as far as he knows, the only way of coming downstairs, but sometimes he feels that there really is another way, if only he could stop bumping for a moment and think of it[3] . And then he feels that perhaps there isn't. Anyhow, here he is at the bottom[4] , and ready to be introduced to you. Winnie-the-Pooh .

When I first heard his name, I said, just as you are going to say, "But I thought he was a boy? "

"So did I," said Christopher Robin.

"Then you can't call him Winnie[5]? "

"I don't."

"But you said — "

"He's Winnie-ther-Pooh[6] . Don't you know what 'ther' means? "

"Ah, yes, now I do," I said quickly; and I hope you do too, because it is all the explanation you are going to get.

Sometimes Winnie-the-Pooh likes a game of some sort when he comes downstairs, and sometimes he likes to sit

---

1 **Edward Bear** = Teddy Bear (またはteddy bear) クマの縫いぐるみ。TeddyがEdward（男子の名）の愛称であることから、このように呼ばれることもある。

2 **on the back of his head**「頭の後ろを（階段に）ぶつけながら」'bump bump bump'（「ぱたんぱたん」）はこの話の終わりにも出てくる。前述の "Us Two" という詩の挿し絵との違いにも注目。"Us Two" では、プーは自分で階段を上っている。

3 **there really is another way, if only he could stop bumping for a moment and think of it**「ぱたん、ぱたんぶつけるのをちょっとやめて、考えてみさえすれば、きっとべつの降り方がある」

4 **here he is at the bottom**（of the stairs）「ほら、クマくんが一階に着きました」

5 **Winnie** Winnifred（女子の名）の愛称。男の子の名にしてはおかしいと指摘した。

6 **Winnie-ther-Pooh**「プーのウィニー」'ther' は 'the' を強く発音した語。名詞または形容詞 + the + 固有名詞：名詞または形容詞と固有名詞とを同格関係に並べるとき用いる。(例) William the Conqueror「ウィリアム征服王」

quietly in front of the fire[7] and listen to a story. This evening —

"What about a story?" said Christopher Robin.

"*What* about a story?"[8] I said.

"Could you very sweetly tell Winnie-the-Pooh one?"[9]

"I suppose I could," I said. "What sort of stories does he like?"

"About himself. Because he's *that* sort of Bear."

"Oh, I see."

"So could you very sweetly?"

"I'll try," I said.

So I tried.

・　　・　　・　　・　　・

Once upon a time, a very long time ago now, about last Friday, Winnie-the-Pooh lived in a forest all by himself under the name of Sanders[10].

("*What does 'under the name' mean?*" asked Christopher Robin.

"It means he had the name over the door in gold letters and lived under it."

"Winnie-the-Pooh wasn't quite sure," said Christopher Robin.

7　in front of the fire「暖炉の前に」fire = fireplace
8　"*What* about a story?" Whatがイタリック体なのは、強調。クリストファー・ロビンのお願いのしかたが丁寧ではなかったので、たしなめるためにこう言った。このあたりのやりとりは、言葉のしつけにうるさいイギリスの中流階級の家庭のありようを示している。
9　"Could you very sweetly tell Winnie-the-Pooh one?" たしなめられて、クリストファー・ロビンは丁寧な言い方で改めてお願いした。 one = a story
10　under the name of Sanders「サンダースという名のもとに」Sandersは表札に書かれた名前。

"Now I am," said a growly voice.[11]
"Then I will go on," said I.)

One day when he was out walking, he came to an open place in the middle of the forest, and in the middle of this place was a large oak-tree, and, from the top of the tree, there came a loud buzzing-noise.
　Winnie-the-Pooh sat down at the foot of the tree, put his head between his paws, and began to think.

11　**a growly voice**「うなるような声」growly < growl「うなる；うなり声」"Now I am (sure)" は、プーが言った台詞。ここでプーは実質的に縫いぐるみから命をもった擬似動物に変わっており、この話は現実からファンタジーへと巧みに移行している。

First of all he said to himself: "That buzzing-noise means something. You don't get a buzzing-noise like that, just buzzing and buzzing, without its meaning something. If there's a buzzing-noise, somebody's making a buzzing-noise, and the only reason for making a buzzing-noise that *I* know of is because you're a bee."
  Then he though another long time, and said: "And the only reason for being a bee that I know of is making honey."

And then he got up, and said: "And the only reason for making honey is so as *I* can eat it.[12]"
So he began to climb the tree.

---

12 the only reason for making honey is so as I can eat it「ハチミツを作っているとしたら、ぼくが食べられるようにってことだ」ここにいたるまでのプーの自己中心的な思考には、「三段論法」に似たものがある。ごくあたりまえのことを認識するまでに、ほほづえをついて長く考え込むプーはおろかだが、その思考にはそれなりのロジックがあり、そのことがノンセンスの笑いの効果を高めている。so as《話》イギリスの方言。通例can, mayを伴う。(例) <u>so as</u> you <u>may</u> have plenty of time 「ゆっくりできるように」

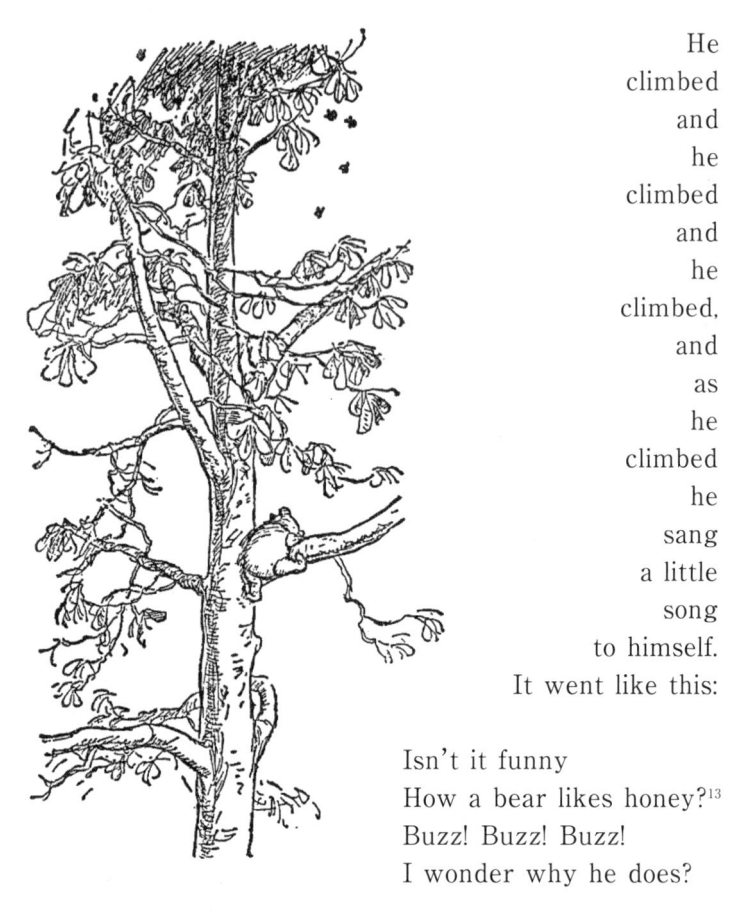

He climbed and he climbed and he climbed, and as he climbed he sang a little song to himself. It went like this:

Isn't it funny
How a bear likes honey?[13]
Buzz! Buzz! Buzz!
I wonder why he does?

Then he climbed a little further... and a little further... and then just a little further. By that time he had thought of another song.

　It's a very funny thought that[14], if Bears were Bees,

13　**Isn't it funny／How a bear likes honey?**「ふしぎだな　クマはほんとに　ミツがすき」ここにあるのは、きちんと韻を踏んでいる、響きのよい４行詩である。天性の詩人というべき（子どもがそうだろう）プーの言葉は自然に詩や唄になっていくのである。なお、プーが木に登っていくところをHe /climbed/ and/ he/ climbed …と縦に表記していることにも、ミルンの計算された表記の工夫がみられる。

14　**It's a very funny thought that** … It はthat以下の内容を指している。

They'd build their nests at the *bottom* of trees.
And that being so (if the Bees were Bears),
We shouldn't have to climb up[15] all these stairs.

He was getting rather tired by this time, so that is why he sang a Complaining Song[16]. He was nearly there now, and if he just stood on that branch...

Crack!

"Oh, help!" said Pooh, as he dropped ten feet on the branch below him.

"If only I hadn't — " [17] he said, as he bounced twenty feet on to the next branch.

"You see, what I *meant* to do," he explained, as he turned head-over-heels, and crashed on to another branch thirty feet below, "what I *meant* to do — "

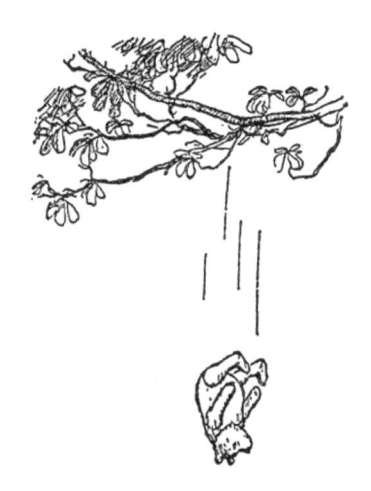

"Of course, it *was* rather — " he admitted, as he slithered very quickly through the next six branches.

"It all comes, I suppose," he decided, as he said goodbye to the last branch, spun round three times, and flew

---

15 shouldn't have to climb up ...「のぼっていかなくてもすむだろう」
16 a Complaining Song 「なさけないうた」この言葉はふつうには恋人のつれなさをうたう男性の「嘆きの歌」として用いられる。それがここで用いられている。
17 "If only I hadn't — "「ああさえしなければ」このあとスピードを増して木から落下していくプーは、"what I meant to do ... "(「じぶんがやろうとしたのは ...」)といいわけを繰り返しているが、最後に"it all comes of liking honey so much."(「やっぱり、ぼくが、あんまりハチミツがすきだからいけないのだ」)と反省したところで、ハリエニシダのやぶにつっこんでいる。プーの最初の試みは失敗に終わり、その「失敗談」が滑稽な喜劇になるのである。

gracefully into a gorse-bush[18], "it all comes of *liking* honey so much. Oh, help!"

He crawled out of the gorse-bush, brushed the prickles from his nose, and began to think again. And the first person he thought of was Christopher Robin.

(*"Was that me?"* said Christopher Robin in an awed voice[19], hardly daring to believe it[20].

"That was you."

Christopher Robin said nothing, but his eyes got larger and larger, and his face got pinker and pinker.)

So Winnie-the-Pooh went round to[21] his friend Christopher Robin, who lived behind a green door in another part of the Forest.

"Good morning, Christopher Robin," he said.

"Good morning, Winnie-*ther*-Pooh," said you.

"I wonder if you've got such a thing as a balloon about you?"

---

18 **gorse-bush** ハリエニシダは、黄色い花をつけるとげのある植物。ヒースの野に野生していることが多い。

19 **in an awed voice** 「おそるおそる」 awed [:d] < awe 「畏敬の念にうたれる」ここでクリストファーが「それってぼく？」と、ほほを染め両眼を見開いて言うところには、「幼児の王様願望」をみたすものがある。

20 **hardly daring to believe it** 「とても信じられないといった様子で」

21 **went round to** < go round to = go around to 「〈人〉をちょっと訪ねる」

"A balloon?"

"Yes, I just said to myself coming along: 'I wonder if Cristopher Robin has such a thing as a balloon about him?' I just said it to myself, thinking of balloons, and wondering."

"What do you want a balloon for?" you said.

Winnie-the-Pooh looked round to see that[22] nobody was listening, put his paw to his mouth, and said in a deep whisper: "*Honey!*"

"But you don't get honey with balloons!"[23]

"*I* do," said Pooh.

Well, it just happened[24] that you had been to a party the day before at the house of your friend Piglet, and you had balloons at the party. You had had a big green balloon; and one of Rabbit's relations[25] had had a big blue one, and had left it behind, being really too young to go to a party at all; and so you had brought the green one *and* the blue one home with you.

---

22 **to see that** ... 「... を確かめるために」
23 **"But you don't get honey with balloons!"** クリストファーのこの言葉にはリアリストらしい現実認識がみられる。しかし、自分の欲求実現のために必死なプーは、もちろんそうは考えていない。
24 **it just happened** ... 「たまたま ... だった」
25 **Rabbit's relations**「ウサギの親類」relations = relatives

"Which one would you like?" you asked Pooh.

He put his head between his paws and thought very carefully.

"It's like this," he said. "When you go after honey with a balloon, the great thing[26] is not to let the bees know you're coming. Now, if you have a green balloon, they might think you were only part of the tree, and not notice you, and if you have a blue balloon, they might think you were only part of the sky, and not notice you, and the question is: Which is most likely?[27]"

"Wouldn't they notice *you* underneath the balloon?" you asked.

"They might or they might not,[28]" said Winnie-the-Pooh. "You never can tell with bees." He thought for a moment and said: "I shall try to look like a small black cloud. That will deceive them."

"Then you had better have the blue balloon," you said; and so it was decided.

Well, you both went out with the blue balloon, and you took your gun with you, just in case[29], as you alwais did,

---

26 **the great thing**「大切なこと」
27 **Which is most likely?**「どちらのほうがありうるだろうか？」二つのものの比較だが、最上級のmostを用いている。この場合のプーの発想はノンセンスだが、それ自体はごっこ遊びの「見立て」ないしは「擬態」に根ざしている。「見立て」とは、本来子どもにとってそうであってほしい世界のありようである。ただプーはそれを本当に信じているからおかしいのである。これを読む幼い子どもは、優越感と同時に共感を持つことになる。
28 **They might or they might not,**「そうかもしれないし、そうでないかもしれない」これはプーさんの決まり文句。この信条が物事はやってみなければわからないという果敢な行動を生み出している。
29 **just in case**「もし何かあるといけないから」クリストファーがこうして空気銃を持って出かけることが、後で役に立つ。

and Winnie-the-Pooh went to a very muddy place that he knew of, and rolled and rolled until he was black all over; and then, when the balloon was blown up as big as big,

and you and Pooh were both holding on to the string, you let go suddenly, and Pooh Bear floated gracefully up into the sky,³⁰ and stayed there — level with the top of the tree and about twenty feet away from it.

"Hooray!" you shouted.

"Isn't that fine?" shouted Winnie-the-Pooh down to you. "What do I look like?" ³¹

"You look like a Bear holding on to a balloon," you said.

"Not," said Pooh anxiously, " — not like a small black cloud in a blue sky?"

"Not very much."

"Ah, well, perhaps from up here it looks different. And, as I say, you never can tell with bees.³²"

There was no wind to blow him nearer to the tree so there he stayed. He could see the honey, he could smell the honey, but he couldn't quite reach the honey.

---

30 **Pooh Bear floated gracefully up into the sky,** 風船につかまって空に浮かぶプーは、幼年の心のあこがれをよく示している。そのとき「品よく」空にあがったいうのがおかしくも楽しい。

31 **"What do I look like?"** 「ぼく、どう見えるのかな？」この後のクリストファーとの問答がゆかい。

32 **you never can tell with bees** 「ハチのことなんて、けっしてわかりっこない」これもプーさんのきまり文句。

（例）You never can tell with women.「女というものはわからぬものだ」

After a little while he called down to you.

"Christopher Robin!" he said in a loud whisper.

"Hallo!"

"I think the bees *suspect* something!"

"What sort of thing?"

"I don't know. But something tells me[33] that they're *suspicious*!"

"Perhaps they think that you're after their honey?"

"It may be that. You never can tell with bees."

There was another little silence, and then he called down to you again.

"Christopher Robin!"

"Yes?"

"Have you an umbrella in your house?"

"I think so."

"I wish you would bring it out here, and walk up and down with it, and look up at me every now and then[34], and say 'Tut-tut, it looks like rain.'[35] I think, if you did that, it would help the deception which we are practising on these bees.[36]"

---

33 **something tells me**「何か[どうも]～ような気がする」（例）Something tells me my watch isn't quite right.《口語》「何か時計が狂っているような気がする」

34 **every now and then** = sometimes（not often）

35 **'Tut-tut, it looks like rain.'**「ちぇっ、ちぇっ、ひと雨きそうだぞ」

36 **the deception which we are practising on these bees**「ぼくたちがこのハチ達をだまそうとしていること」practise deception on a person「人をだます」

Well, you laughed to yourself, "Silly old Bear!"[37] but you didn't say it aloud because you were so fond of him, and you went home for your umbrella.

"Oh, there you are!" called down Winnie-the-Pooh, as soon as you got back to the tree. "I was beginning to get anxious. I have discovered that the bees are now definitely Suspicious."

"Shall I put my umbrella up?" you said.

"Yes, but wait a moment. We must be practical.[38] The important bee to deceive is the Queen Bee. Can you see which is the Queen Bee from down there?"

"No."

"A pity. Well, now, if you walk up and down with your umbrella, saying, 'Tu-tut, it looks like rain,' I shall do what I can by singing a little Cloud Song, such as a cloud might sing[39]... Go!"

So, while you walked up and down and wondered if it would rain, Winnie-the-Pooh sang this song:

---

37 "**Silly old Bear!**"「ばっかなクマのやつ！」（石井桃子訳）
38 **We must be practical**「現実をみつめなくっちゃ」
39 **a little Cloud Song, such as a cloud might sing**「雲がうたいそうな、小雲の唄」（石井訳）クリストファーに雨が降りそうだと言ってもらい、自分は黒い雲になった唄をうたうのはノンセンスだが、このように「大まじめでとぼけている」（whimsical）のがミルンの喜劇の持ち味である。

How sweet to be a Cloud
　　　　Floating in the Blue!
　　Every little cloud
　　Always sings aloud

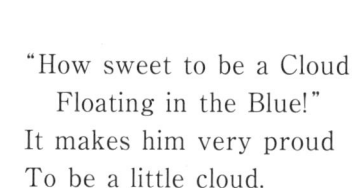

"How sweet to be a Cloud
　　Floating in the Blue!"
It makes him very proud
To be a little cloud.

　The bees were still buzzing as suspiciously as ever[40]. Some of them, indeed, left their nests and flew all round the cloud as it began the second verse of this song, and one bee sat down on the nose of the cloud for a moment, and then got up again.
　"Christopher — *ow!*[41] — Robin," called out the cloud.
　"Yes?"
　"I have just been thinking, and I have come to a very important decision. *These are the wrong sort of bees*'[42]"

40　**as suspiciously as ever**「あいもかわらずうたがわしそうに」
41　**ow!**「アイタッ！」ハチに刺されて悲鳴を上げた。'one bee sat down on the nose of the cloud for a moment, and then got up again.' というこれに先立つ文が、そのことを示している。
42　**These are the wrong sort of bees**'「ハチの種類が（めざすミツバチとは）ちがう」プーの強がりかもしれないこのセリフは、「重大な結論」(important decision)という重々しい言葉の後に続いている。

"Are they?"

"Quite the wrong sort. So I should think they would make the wrong sort of honey, shouldn't you?"

"Would they?"

"Yes. So I think I shall come down."

"How?" asked you.

Winnie-the-Pooh hadn't thought about this. If he let go of the string, he would fall — *bump* — and he didn't like the idea of that. So he thought for a long time, and then he said:

"Cristopher Robin, you must shoot the balloon with your gun. Have you got your gun?"

"Of course I have," you said. "But if I do that, it will spoil the balloon," you said.

"But if you *don't*," said Pooh, "I shall have to let go, and that would spoil *me*."

When he put it like this[43], you saw how it was, and you aimed very carefully at the balloon, and fired.

"*Ow!*" said Pooh.

"Did I miss?" you asked.

"You didn't exactly *miss*."[44] said Pooh, "but you missed the *balloon*."

"I'm so sorry," you said, and you fired again, and this time you hit the balloon, and the air came slowly out, and Winnie-the-Pooh floated down to the ground.

---

43 **put it like this**「こんなふうにいう」put = express

44 **"You didn't exactly miss."**「ぜんぜん当たらなかったわけではない」風船にあたらずに、プーの身体にあたった。

But his arms were so stiff from holding on to the string of the balloon all that time that they stayed up straight in the air for more than a week, and wheneber a fly came and settled on his nose he had to blow it off. And I think — but I am not sure — that *that* is why he was always called Pooh[45].

・　　・　　・　　・　　・

"Is that the end of the story?" asked Christopher Robin.
"That's the end of that one. There are others."
"About Pooh and Me?"
"And Piglet and Rabbit and all of you. Don't you remember?"
"I do remember, and then when I try to remember, I forget."
"That day when Pooh and Piglet tried to catch the Heffalump — "
"They didn't catch it, did they?"
"No."
"Pooh couldn't, because he hasn't any brain. Did *I* catch it?"
"Well, that comes into the story."
Christopher Robin nodded.

45　**that is why he was always called Pooh**　Poohはこの場合「プーと吹くこと」を意味しているが、この名前の由来はもちろん語り手の父親が即興で作り出したものである。

"I do remember," he said, "only Pooh doesn't very well, so that's why he likes having it told to him again. Because then it's a real story and not just a remembering.[46]"

"That's just how *I* feel," I said.

Christopher Robin gave a deep sigh[47], picked his Bear up by the leg, and walked off to the door, trailing Pooh behind him. At the door he turned and said, "Coming to see me have my bath?"[48]

"I might," I said.

"I didn't hurt him when I shot him, did I?"

"Not a bit."

He nodded and went out, and in a moment I heard Winnie-the-Pooh — *bump, bump, bump* — going up the stairs behind him.

---

46 **it's a real story and not just a remembering**「お話してもらうときのは、ほんとのお話で、ただ思いだすのなんかと、ちがうんだもの」(石井訳) クリストファーのこの言葉は、父からお話を聞いたミルン自身の幼い日の記憶と重なっている。(「その生涯」p.12を参照)

47 **gave a deep sigh** /sai/「深いため息をついた」

48 **"Coming**(= Are you coming）**to see me have my bath?"**「ぼくがお風呂に入ってるの見にくる？」お風呂は、通例2階にある。

The House at Pooh Corner (1928)

In which Pooh invents a New Game and Eeyore joins in

By the time it came to the edge of the Forest the stream had grown up, so that it was almost a river, and, being grown-up, it did not run and jump and sparkle along as it used to do when it was younger, but moved more slowly. For it knew now where it was going, and it said to itself, "There is no hurry. We shall get there some day." But all the little streams higher up in the Forest went this way and that, quickly, eagerly, having so much to find out before it was too late.

There was a broad track, almost as broad as a road, leading from the Outland[1] to the Forest, but before it could come to the Forest, it had to cross this river. So, where it crossed, these was a wooden bridge, almost as broad as a road, with wooden rails on each side of it. Cristopher Robin could just get his chin on to the top rail[2], if he wanted to, but it was more fun to stand on the bottom rail[3], so that

---

from "*The House at Pooh Corner*" by A. A. Milne, illustrated E. H. Shepard
Copyright © Methuen Children's Books, London Reprinted 1978
English reprint anthology rights arranged with
Little, Brown & Company, Inc., London
through Tuttle-Mori Agency, Inc., Tokyo.

『プー横丁にたった家』(The House at Pooh Corner) の第六話。作品の舞台は、ハートフィールド村のアッシュダウンの森の中にあるコッチフォード・ファーム。ミルン親子はこの地をよく散策した。この話もその体験を踏まえて生まれたものであろう。「プー棒投げ橋」は、この森に実在している。森の中の急な流れがやがてゆっくりとした流れに変わるあたりに、山道があり、橋がかかっている。この橋のところでプーは新しいゲームを発明する。さて、その後どういうことが起きるのかというのがここでのお話。イーヨーなど、いくつもの縫いぐるみが疑似動物になって話は展開している。

1　**Outland**「外の世界」
2　**get his chin on to the top rail**「一番上の柵の上にあごをのっける」この柵のある橋が「プー棒投げ橋」である。
3　**bottom rail**「一番下の柵」

he could lean right over, and watch the river slipping slowly away beneath him. Pooh could get his chin on to the bottom rail if he wanted to, but it was more fun to lie down and get his head under it, and watch the river slipping slowly away beneath him. And this was the only way in which Piglet and Roo[4] could watch the river at all, because they were too small to reach the bottom rail. So they would lie down and watch it... and it slipped away very slowly, being in no hurry to get there.

One day, when Pooh was walking towards this bridge, he was trying to make up a piece of poetry about fir-cones[5], because there they were, lying about on each side of him, and he felt singy[6]. So he picked a fir-cone up, and looked at it, and said to himself, "This is a very good fir-cone, and something ought to rhyme to it." But he couldn't think of anything. And then this came into his head suddenly:

> Here is a myst'ry[7]
> About a little fir-tree.
> Owl says it's *his* tree,
> And Kanga says it's *her* tree.

---

4 Roo 「ルー」(子どものカンガルーで、母親がカンガ)
5 fir-cone 「モミの実」松ぼっくりのようなもの
6 singy 「歌い出したような」
7 myst'ry [mistri] 'tree' と韻を踏ませるために 'mystery' という言葉をつづめた。このプーの即興歌は、韻は踏んでいるが、意味 (make sense) はなしていない。

"Which does't make sense," said Pooh, "because Kanga doesn't live in a tree."

He had just come to the bridge; and not looking where he was going, he tripped over something, and the fir-cone jerked out of his paw into the river.

"Bother," said Pooh, as it floated slowly under the bridge, and he went back to get another fir-cone which had a rhyme to it. But then he thought that he would just look at the river instead, because it was a peaceful sort of day, so he lay down and looked at it, and it slipped slowly away beneath him[8]... and suddenly, there was his fir-cone slipping away too.

"That's funny," said Pooh. "I dropped it on the other side," said Pooh, "and it came out on this side! I wonder if it would do it again?" And he went back for some more fir-cones[9].

It did. It kept on doing it. Then he dropped two in at once, and leant over the bridge to see which of them would come out first; and one of them did; but as they were both the same size, he didn't know if it was the one which he wanted to win, or the other one. So the next time he dropped one big one and one little one, and the big one came out first, which was what he had said it would do, and the little one came out last, which was what he had said it would do, so he had won twice... and when he went home for tea, he had won thirty-six and lost twenty-eight, which meant that he was — that he had — well, you take twenty-eight from thirty-six, and *that's* what he was.

---

8 it (= the river) **slipped slowly away beneath him** 「川は、プーの下をゆっくりとすべるように流れていきます」

9 **for some more fir-cones** 「もっと松ぼっくりを拾いに」

110 | Ⅲ 作品鑑賞

Instead of the other way round.[10]

And that was the beginning of the game called Poohsticks[11], which Pooh invented, and which he and his friends used to play on the edge of the Forest. But they played with sticks instead of fir-cones, because they were easier to mark.

Now one day Pooh and Piglet and Rabbit and Roo were all playing Poohsticks together. They had dropped their sticks in when Rabbit said "Go!" and then they had hurried across to the other side of the bridge, and now they were all leaning over the edge, waiting to see whose stick would come out first.[12] But it was a long time coming, because the river was very lazy that day, and hardly seemed to mind if it didn't ever get there at all.

---

10 この段落に書かれているのが、ゲームのルール。要約すると次のようになる。橋から二つの松ぼっくりを落としてどちらが先に出てくるか予想する。(わかりやすいように違う大きさのを選ぶ。）予想があたると、先に出てくるものと後に出てくるものと両方を言い当てたことになるので、勝ち2回という計算。プーは、この日36回勝って、28回負けた。なお、「36から28を引くとね、ほら、なんというのかな、プーの勝った数になるんだよね」(well, you take twenty-eight from thirty-six, and *that*'s what he was) というのは、語り手が直接読者に語りかけているところ。

11 **Poohsticks**「プー棒投げ」（石井訳）　違いがわかりやすいので、あらたに松ぼっくりの代わりに棒を使って遊ぶことにした。

12 「プー棒投げ」の遊び方は、プーが松ぼっくりを使ってした一人遊びよりも単純である。橋の一方の側で、合図と同時に一斉に棒を投げ、大急ぎでもう一方の側へ回り、誰のがいちばんに出てくるかを競う。

"I can see mine!" cried Roo. "No, I can't, it's something else. Can you see yours, Piglet? I thought I could see mine, but I couldn't. There it is! No, it isn't. Can you see yours, Pooh? "

"No," said Pooh.

"I expect my stick's stuck [13]," said Roo. "Rabbit, my stick's stuck. Is your stick stuck, Piglet? "

"They always take longer than you think," said Rabbit.

"How long do you *think* they'll take? " asked Roo.

"I can see yours, Piglet," said Pooh suddenly.

"Mine's a sort of greyish one," said Piglet, not daring to lean too far over in case he fell in[14].

"Yes, that's what I can see. It's coming over on to my side."

Rabbit leant over further than ever, looking for his, and Roo wriggled up and down[15], calling out[16] "Come on, stick! Stick, stick, stick!" and Piglet got very excited because his was the only one which had been seen, and that meant that he was winning[17].

"It's coming!" said Pooh.

"Are you *sure* it's mine? " squeaked[18] Piglet excitedly.

"Yes, because it's grey. A big grey one. Here it comes! A very — big — grey — Oh, no, it isn't, it's Eeyore[19]."

And out floated Eeyore.

"Eeyore!" cried everybody.

■-■-　　　　　　　　　　　　-■-■-　　　　　　　　　　　　　　-■-■

13 **I expect my stick's stuck**「きっと、ぼくの棒はつっかえちゃったんだよ」
14 **not daring to lean too far over in case he fell in**「川に落っこちるといけないので、あまり乗り出しすぎないようにしながら」 ＊ dare to ～
15 **wriggled up and down**「身体をよじらせてはね回り」
16 **calling out**「大声で叫ぶ」
17 **that meant that he was winning**「見えているのが自分の棒だけだということは、コブタの勝ちだということ（だから）」
18 **squeaked** ＜ squeak 「きいきい声で言う」
19 **it's Eeyore** 橋の下から姿を見せた灰色のものは、なんとロバのイーヨーだった。イーヨーらしい登場の仕方といえるだろう。

Looking very calm, very dignified[20], with his legs in the air, came Eeyore from beneath the bridge.

"It's Eeyore!" cried Roo, terribly excited.

"Is that so?" said Eeyore, getting caught up by a little eddy[21], and turning slowly round three times. "I wondered."

"I didn't know you were playing," said Roo.

"I'm not," said Eeyore.

"Eeyore, what *are* you doing there?" said Rabbit.

"I'll give you three guesses, Rabbit. Digging holes in the ground? Wrong. Leaping from branch to branch of a young oak-tree?[22] Wrong. Waiting for somebody to help me out of the river? Right. Give Rabbit time, and he'll always get the answer.[23]"

"But, Eeyore," said Pooh in distress, "what can we —

---

20 **dignified**「威厳（貫禄）のある、堂々とした」心ならずも水に落ちたイーヨーが、「おちつきはらい、威厳のあるようすだった」というのがおかしい。このあとも世をはかなむ厭世家のイーヨーの皮肉なセリフが続く。イーヨーは、いつも前向きなプーと対をなす人物である。

21 **getting caught up by a little eddy**「ちょっとした流れのうずに巻き込まれて」get caught up in ～「～に巻き込まれて」《通例は受動態で》、eddyは液体・気体・ほこりなどのうず（巻）。

22 **Leaping from branch to branch of a young oak-tree?**「カシの若木の枝から枝へととび移っているのかな？」

23 **Give Rabbit time, and he'll always get the answer.**「ウサギには時間をやることだな。そうすりゃ、いつも正しい答えを出しおる」

I mean, how shall we — do you think if we — [24]"

"Yes," said Eeyore. "One of those would be just the thing. Thank you, Pooh."

"He's going *round* and *round*," said Roo, much impressed.

"And why not?[25]" said Eeyore coldly.

"I can swim too," said Roo proudly.

"Not round and round," said Eeyore. "It's much more difficult. I didn't want to come swimming at all to-day," he went on, revolving slowly. "Buf if, when in, I decide to practise a slight circular movement from right to left — or perhaps I should say," he added, as he got into another eddy, "from left to right, just as it happens to occur to me, it is nobody's business but my own.[26]"

There was a moment's silence while everybody thought.

"I've got a sort of idea," said Pooh at last, "but I don't suppose it's a very good one."

"I don't suppose it is either," said Eeyore.

"Go on, Pooh," said Rabbit. "Let's have it."

"Well, if we all threw stones and things into the river on *one* side of Eeyore, the stones would make waves, and the waves would wash him to the other side[27]."

"That's a very good idea, " said Rabbit, and Pooh looked happy again.

24 what can we — I mean, how shall we — do you think if we — 「ぼくたち、どうやれば — ぼくたち、どういうふうに — あのね、ぼくたち — 」ここはどうすればイーヨーを助けられるのかわからないプーのとまどいの気持ちをあらわしている。それを三つのことを言ったと思って、イーヨーが「そのうちの一つが正解」と答えるのが滑稽。

25 And why not? 「まわっちゃ、わるいかね」

26 it's nobody's business but my own 「自分の決めることだ。だれのおせっかいもうけないぞ」

27 wash him to the other side 「イーヨーを向こう岸へと押し流す」

"Very," said Eeyore. "When I want to be washed, Pooh, I'll let you know."

"Supposing we hit him by mistake?" said Piglet anxiously.

"Or supposing you missed him by mistake,[28]" said Eeyore. "Think of all the possibilities, Piglet, before you settle down to enjoy yourselves.[29]"

But Pooh had got the biggest stone he could carry, and was leaning over the bridge, holding it in his paws.

"I'm not throwing it, I'm dropping it, Eeyore," he explained. "And then I can't miss — I mean I can't hit you. *Could* you stop turning round for a moment, because it muddles me rather?[30]"

"No," said Eeyore. "I *like* turning round."

Rabbit began to feel that it was time he took command.

"Now, Pooh," he said, "when I say 'Now!' you can drop it. Eeyore, when I say 'Now!' Pooh will drop his stone."

"Thank you very much, Rabbit, but I expect I shall know.[31]"

"Are you ready, Pooh? Piglet, give Pooh a little more room[32]. Get back a bit there, Roo. Are you ready?"

"No," said Eeyore.

"*Now!*" said Rabbit.

Pooh dropped his stone. There was a loud splash, and Eeyore disappeared . . .

It was an anxious moment for the watchers on the bridge.

---

28 **Supposing you missed him by mistake**「まちがえてあたったとしたら」himは イーヨー自身のこと。その前の 'hit him by mistake'（まちがってあてる）と対をなしている。

29 **before you settle down to enjoy yourselves**「自分で楽しもうと心を決めるまえに」

30 **it muddles me rather**「頭がぐらぐらしてしまう」

31 **I expect I shall know**「いわれなくても、自分にはわかりますよ」

32 **room**「場所、余地」

They looked and looked . . . and even the sight of Piglet's stick coming out a little in front of Rabbit's didn't cheer them up as much as you would have expected. And then, just as Pooh was beginning to think that he must have chosen the wrong stone or the wrong river or the wrong day for his Idea, something grey showed for a moment by the river bank . . . and it got slowly bigger and bigger . . . and at last it was Eeyore coming out.

With a shout they rushed off the bridge, and pushed and pulled at him; and soon he was standing among them again on dry land.

"Oh, Eeyore, you *are* wet!" said Piglet, feeling him.

Eeyore shook himself, and asked somebody to explain to Piglet what happened when you had been inside a river for quite a long time.

"Well done[33], Pooh," said Rabbit kindly. "That was a good idea of ours."

"What was?" asked Eeyore.

"Hooshing[34] you to the bank like that."

"*Hooshing* me?" said Eeyore in surprise. "Hooshing me? You didn't think I was *hooshed*, did you? I dived. Pooh dropped a large stone on me, and so as not to be struck heavily on the chest, I dived and swam to the bank."

"You didn't really," whispered Piglet to Pooh, so as to

---

33 Well done 「よくやった」
34 hoosh washのなまった言い方

comfort him.

"I didn't *think* I did," said Pooh anxiously.

"It's just Eeyore,[35]" said Piglet. "*I* thought your Idea was a very good Idea."

Pooh began to feel a little more comfortable, because when you are a Bear of Very Little Brain, and you Think of Things, you find sometimes that a Thing which seemed very Thingish inside you is quite different when it gets out into the open and has other people looking at it. And, anyhow, Eeyore *was* in the river, and now he *wasn't*, so he hadn't done any harm.

"How did you fall in, Eeyore?" asked Rabbit, as he dried him with Piglet's handkerchief.

"I didn't," said Eeyore.

"But how — "

"I was BOUNCED[36]," said Eeyore.

"Oo," said Roo excitedly, "did somebody push you?"

"Somebody BOUNCED me. I was just thinking by the side of the river — thinking, if any of you know what that means — when I received a loud BOUNCE."

"Oh, Eeyore!" said everybody.

"Are you sure you didn't slip?" asked Rabbit wisely.

"Of course I slipped. If you're standing on the slippery bank of a river, and somebody BOUNCES you loudly from behind, you slip. What did you think I did?"

"But who did it?" asked Roo.

35 **It's just Eeyore**「あんなことをいうのは、イーヨーのくせなんだよ」
36 **BOUNCED**「はねとばされた」

Eyore didn't answer.

"I expect it was Tigger," said Piglet nervously.

"But, Eeyore," said Pooh, "was it a Joke, or an Accident? I mean —"

"I didn't stop to ask, Pooh. Even at the very bottom of the river I didn't stop to say to myself, '*Is* this a Hearty Joke, or is it the Merest Accident?' I just floated to the surface, and said to myself, 'It's wet[37].' If you know what I mean."

"And where was Tigger?" asked Rabbit.

Before Eeyore could answer, there was a loud noise behind them, and through the hedge came Tigger himself.

"Hallo, everybody," said Tigger cheerfully.

"Hallo, Tigger," said Roo.

Rabbit became very important suddenly.

"Tigger," he said solemnly, "what happened just now?"

"Just when?" said Tigger a little uncomfortably.

"When you bounced Eeyore into the river."

"I didn't bounce him."

"You bounced me," said Eeyore gruffly.

"I didn't really. I had a cough, and I happened to be behind Eeyore, and I said '*Grrrr —oppp —ptschschschz.*' [38]"

"Why?" said Rabbit, helping Piglet up, and dusting him. "It's all right, Piglet."

"It took me by surprise," said Piglet nervously.

"That's what I call bouncing," said Eeyore. "Taking people by surprise," Very unpleasant habit. I don't mind Tigger being in the Forest," he went on, "because it's a large Forest, and there's plenty of room to bounce in it. But I don't see why he should come into *my* little corner

---

37 **It's wet**「びしょぬれだとな」ここは、いたずらにしろ、なにかの拍子だったにしろ、自分がひどい目にあったことにはかわりはないといっているところ。

38 **Grrrr－oppp－ptschschschz.**「ゲゲゲゲェップシュウ」(石井訳)

of it, and bounce there. It isn't as if there was anything very wonderful about my little corner. Of course for people who like cold, wet, ugly bits it *is* something rather special,[39] but otherwise it's just a corner, and if anybody feels bouncy — "

"I didn't bounce, I coughed," said Tigger crossly.

"Bouncy or coffy, it's all the same at the bottom of the river."

"Well," said Rabbit, "all I can say is — well, here's Cristopher Robin, so *he* can say it."

Cristopher Robin came down from the Forest to the bridge, feeling all sunny and careless, and just as if twice nineteen didn't matter a bit, as it didn't[40] on such a happy afternoon, and he thought that if he stood on the bottom rail of the bridge, and leant over, and watched the river slipping slowly away beneath him, then he would suddenly know everything that there was to be known, and he would be able to tell Pooh, who wasn't quite sure about some of it. But when he got to the bridge and saw all the animals there, then he knew that it wasn't that kind of afternoon, but the other kind, when you wanted to *do* something.

"It's like this, Christopher Robin," began Rabbit. "Tigger — "

"No, I didn't," said Tigger.

"Well, anyhow, there I was," said Eeyore.

"But I don't think he meant to[41]," said Pooh.

---

39 **for people who like cold, wet, ugly bits it is something rather special**「日あたりの悪い、ジメジメした、みすぼらしい場所のおすきなかたにとっちゃ、ちょっとばかり格別なところかもしれん」イーヨーは、自分の棲んでいるところをこのように卑下して言っている。皮肉っぽい言い方は、イーヨーならではのもの。
40 **as it didn't**（matter）
41 **I don't think he meant to** = I think that he didn't mean to（do so）「ティガーは、わざとやったんじゃないと思うよ」

"He just *is* bouncy," said Piglet, "and he can't help it." [42]

"Try bouncing *me*, Tigger," said Roo eagerly. "Eeyore, Tigger's going to try *me*. Piglet, do you think — "

"Yes, yes," said Rabbit, "we don't all want to speak at once. The point is, what does Christopher Robin think about it? [43]"

"All I did was I coughed[44]," said Tigger.

"He bounced," said Eeyore.

"Well, I sort of boffed[45]," said Tigger.

"Hush!" said Rabbit, holding up his paw. "What does Christopher Robin think about it all? That's the point."

"Well," said Christopher Robin, not quite sure what it was all about. "*I* think — "

"Yes? " said everybody.

"*I* think we all ought to play Poohsticks.[46]"

So they did. And Eeyore, who had never played it before, won more times than anybody else; and Roo fell in twice, the first time by accident[47] and the second time on purpose, because he suddenly saw Kanga coming from the Forest, and he knew he'd have to go to bed anyhow. So then Rabbit said he'd go with them; and Tigger and Eeyore went off together, because Eeyore wanted to tell Tigger How to Win at Poohsticks, which you do by letting your stick drop in a twitchy sort of way, if you understand what

---

42 "He just *is* bouncy ... and he can't help it."「ティガーは、まさにはねっかえりなんだから、…どうしようもないんだよ」bouncy（adj.）＜ bounce（v.）
43 The point is, what does Christopher Robin think about it?「問題なのは、クリストファー・ロビンがどう考えるかだろう？」
44 coughed ＜ cough 「せきをする」
45 I sort of boffed 「少しは、せっきんしたさ」（石井訳）boff は bounce と coff が一つになった言い方。
46 I think we all ought to play Poohsticks. クリストファーはこの場の口論をさけて、結果的にみんなを仲なおりさせたことになる。
47 by accident 「うっかり、偶然に」⟷ on purpose [次行]「わざと、故意に」

I mean, Tigger[48]; and Christopher Robin and Pooh and Piglet were left on the bridge by themselves.

For a long time they looked at the river beneath them, saying nothing, and the river said nothing too, for it felt very quiet and peaceful on this summer afternoon.

"Tigger is all right, *really*," [49] said Piglet lazily.

"Of course he is," said Christopher Robin.

"Everybody is *really*," said Pooh. "That's what *I* think," said Pooh. "But I don't suppose I'm right[50]," he said.

"Of course you are[51]," said Christopher Robin.

---

48 **you do by letting your stick ～ what I mean, Tigger**「ちょっと身体をひねるようにして、棒を落とすんじゃ。わしの言うことがわかるかな、ティガー」珍しく勝負に勝ったイーヨーが、得意になって棒投げのこつを教えているところ。こうしてイーヨーとティガーも仲なおりし、この森ではすべてが平穏におさまっている。

49 **"Tigger is all right, *really*,"**「ティガーって、ほんとは、いいやつだよね」

50 **"But I don't suppose I'm right"**「でも、ぼくがまちがってる気もするなあ」

51 **"Of course you are**（right）**"**「もちろん、まちがってなんかないよ」

年表・参考文献

西暦年	年齢	事項
1882	0	1月18日、誕生。
1888	6	9月、父ジョン・ヴァイン・ミルンが校長を勤めるヘンリー・ハウス・スクールに入学。
1890	8	ヘンリー・ハウス・スクール・マガジンに、作文 'My Three Days' Walking Tour'（3日間の散策）が掲載される。（初めての出版）
1893	11	ウエストミンスター校に、最年少の奨学生として入学。
1894	12	不正確な成績表を受け取ったことから、数学への興味を失う。
1899	17	2番目の兄ケンネス・ミルン（通称ケン）とライト・ヴァース創作を始める。合作を示すペンネームA. K. M.を使用。
1900	18	ケンブリッジ大学トリニティ・コレッジ入学。数学専攻。別名ケンブリッジの『パンチ』、学内誌『グランタ』の編集に加わる。
1902	20	1月、『グランタ』の編集長になる。
1903	21	ケンブリッジ卒業後、フリーランス・ライターとしてロンドンに移り住む。ロンドン在住のケンと毎日のように交流する。 10月、シャーロック・ホームズのパロディが『ヴァニティ・フェア』に掲載される。
1904	22	5月18日、投稿詩が初めて『パンチ』に掲載される。
1906	24	2月13日、『パンチ』編集助手になる。
1910	28	パンチ・テーブルと呼ばれる編集会議のメンバーになる。 最初のエッセイ集『その日の遊び』出版。 3月、ケンとモード（1905年結婚）の長女マージョリー（愛称マージャリー）の物語が『パンチ』に掲載される。 11月、編集長オーエン・シーマンの紹介で当時21歳のドロシー・ド・セリンクール（愛称ダフネ）に出会う。
1913	31	6月4日、ダフネと結婚。
1915	33	「平和主義」を撤回し、イギリス南部ウォーウィックシャーにおいて、通信将校として第一次世界大戦に参戦。（～1916） 駐屯部隊を慰めるため、昔話風の児童劇を執筆・上演。
1917	35	慰問劇を1冊の本にまとめ、『昔あるとき』として出版。
1918	36	12月24日、3幕からなる児童劇「ほんとうみたい」をロンドン西部のハマー・スミスの劇場リリック・シアターにて上演。
1920	38	前年12月マンチェスターにて大ヒットとなった『不意の訪問客ビム氏』が、1月5日ついにロンドンで上演される。 8月21日、クリストファー・ミルン（幼名ビリー・ムーン）誕生。
1921	39	8月～12月、エヴリバディ誌に推理小説『赤い館の秘密』を連載。多くのファンを得る。

西暦年	年齢	事　項
1922	40	4月、『赤い館の秘密』を1冊の本として出版。4冊の児童書を除けば、生涯最大の成功をおさめた本となる。 クリストファーの就寝前の祈りを観察して創った詩、「夕べの祈り」をダフネに贈る。
1923	41	1月、『ヴァニティ・フェア』にダフネが送った「夕べの祈り」が掲載され好評を博す。
1924	42	10月、ロンドン近郊のコッチフォード・ファームを購入。翌春から、休暇を過ごすための場所として愛用。 11月6日、ロンドンにて『クリストファー・ロビンのうた』出版。この後、『プー』を含め4冊の児童書でコンビを組む挿し絵画家E. H. シェパードとの初仕事となる。発売日当日に3万2000部の売り上げを記録する。
1925	43	3月、アメリカの出版社から短編集『こどもの情景』を出版。絵はヘンリエッタ・ウィルビーク・ル・メール。 12月24日、『イーヴニング・ニューズ』クリスマス特集号第7面に、『クマのプーさん』の第一章となる短編が掲載される。挿し絵はJ. H. ダウドが担当。
1926	44	10月14日ロンドン、21日ニューヨークにて『クマのプーさん』が出版される。イギリスではクリスマスまでに8万部、アメリカでは年内に15万部を超える売り上げを記録。
1927	45	10月13日、2冊目の児童詩集『クマのプーさんとぼく』がイギリスとアメリカで同時に発売される。初版5万部の売り上げ。
1928	46	10月、『プー横丁にたった家』イギリス・アメリカにて同時発売。初版7万5000部の売り上げ。この時点で、既刊の3冊の児童書（2冊の児童詩集および1冊目のプー）は、それぞれ大ベストセラーとなっている。
1929	47	5月21日、ケンが48歳で死去。 すでに書き上げられていた戯曲『ヒキガエル屋敷のヒキガエル』（1921年には完成）が、リバプール劇場にて初めて上演され、翌冬にはロンドンで大成功をおさめ、クリスマス劇の定番となる。
1939	57	9月、自伝がイギリス・アメリカにて同時に出版される（イギリス版はIt's Too Late Now、アメリカ版は What Luck！または Autobiography というタイトルがつけられる）
1956	74	1月31日、死去。
1966		『クマのプーさん』のディズニー映画第1作『プーさんとはちみつ』公開。（第2作『クマのプーさんと大あらし』でアカデミー賞を受賞）
1974		クリストファー・ミルンによる回想録『クマのプーさんと魔法の森』出版。
1996		4月20日、クリストファー・ミルン死去。（75歳）
2000		クリストファー・ミルン著・A. R. メルローズ編　随筆集『プーの世界を越えて』出版。（序はクリストファーの妻レズリー・ミルンが担当）

【作　品】

A Gallery of Children. 1925. London: Frederick Warne, 2000.（早川敦子訳『こどもの情景』パピルス、1996）

It's Too Late Now: The Autobiography of a Writer. London: Methuen, 1939.（原昌・梅沢時子訳『ぼくたちは幸福だった —— ミルン自伝』研究社、1975）

Now We Are Six. 1926. London: Puffin Books, 1992.（小田島雄志・若子訳『クマのプーさんとぼく』晶文社、1995）

Once on a Time. London: Hodder and Stoughton, 1917.（志子田富壽子・光雄訳『昔あるとき』北星堂書店、1995）

The House at Pooh Corner. 1928. London: Mammoth, 1993.（石井桃子訳『プー横丁にたった家』岩波少年文庫、1990）

The Hums of Pooh. 1929. London: Methuen, 2001.

Toad of Toad Hall: A Play from Kenneth Grahame's Book 'The Wind in the Willows' 1929. London: Methuen, 1971（志子田富壽子・光雄訳『ヒキガエル屋敷のヒキガエル』北星堂書店、1990）

When We Were Very Young. 1924. London: Puffin Books, 1992.（小田島雄志・若子訳『クリストファー・ロビンのうた』晶文社、1996）

Winnie-the-Pooh. 1926. London: Mammoth, 1993.（石井桃子訳『クマのプーさん』岩波少年文庫、1989）

【研究書】

イギリス児童文学会編『児童文学世界No.6 ——《特集》A.A.ミルンの世界』中教出版、1984年

猪熊葉子監修／文　『クマのプーさんと魔法の森へ』求龍堂、1993年

さくまゆみこ著『イギリス —— 7つのファンタジーをめぐる旅』メディアファクトリー、2000年

Carpenter, Humphrey. "A. A. Milne and *Winnie-the-Pooh*: farewell to the enchanted places." *The Secret Garden: A Study of the Golden Age of Children's Literature*. London: George Allen & Unwin, 1985.（定松正訳『秘密の花園 —— 英米児童文学の黄金時代』こびあん書房、1988）

Chandler, Arthur, *R. E. H. Shepard : The Man who Drew Pooh*. West Sussex, Jaydem Books, 2000.

Haring-Smith, Tori. *A. A. Milne : A Critical Bibliography* Gorlan Publushing, 1982.

Hunt, Peter. "*Winnie-the-Pooh* and Domestic Fantasy." *Stories and Society: Children's Literature in its Social Context*. Ed. Dennis Butts. London: Macmillan, 1992.

—. *An Introduction to Children's Literature*. Oxford: Oxford UP, 1994.

Knox, Rawle.(ed) *The Work of E. H. Shepard*. London : Methuen, 1990.

Lurie, Alison. "Back to Pooh Corner." *Not in front of the Grown-ups: Subversive Children's Literature*. London: Sphere Books, 1991.

Melrose, A. R. (ed) *Beyond the World of Pooh: Selections from the Memories of Christopher Milne*. London: Methuen, 2000.

Meyer, Susan E. *A Treasury of the Great Children's Book Illustrators*. New York : Harry N, Abrams, Inc., 1997.

Milne, Christopher. *The Enchanted Place*. 1974. London: Penguin Books, 1976.（石井桃子訳『クマのプーさんと魔法の森』岩波書店、2000）

Opie, Iona and Peter. *The Lore and Language of Schoolchildren*. Oxford : Oxford Up, 1959.

Sewell, Elizabeth. *The Field of Nonsense*. London: Chatto and Windus, 1952. （高山宏訳『ノンセンスの領域』河出書房新社、1992年）

Styles, Morag. *From the Garden to the Street: Three Hundred Years of Poetry for Children*. London: Cassell, 1998.

Swann, Thomas, B. *A. A. Milne*. Twayne Publishers, 1971.

Thwaite, Ann. *A. A. Milne: His Life*. London: Faber and Faber, 1990.

―. *The Brilliant Career of Winnie-the-Pooh: the Story of A. A. Milne and his Writing for Children*. London: Methuen, 1992. （安達まみ訳『クマのプーさんスクラップ・ブック』筑摩書房、2000年）

Townsend, John Rowe. *Written for Children: An Outline of English-language Children's Literature*. London: The Bodley Head, 1990. （高杉一郎訳『子どもの本の歴史 ── 英語圏の児童文学』岩波書店、1982年）

Wullschläger, Jackie. "A. A. Milne : the Fantasy Tamed." *Inventing Wonderland*. London : Methuen, 1995. （安達まみ訳『不思議の国をつくる ── キャロル、リア、バリー、グレアム、ミルンの作品と生涯』河出書房新社、1997年）

索引

● あ ●

『赤い館の秘密』 …… 37
『イーヴニング・ニューズ』 …… 44, 50
イプセン …… 35
『ヴァニティ・フェア』誌 …… 26, 40
ウィニコット …… 80
ウェイマス …… 20, 33
『ウェイマス・タイムズ』 …… 22
ウェストミンスター校 …… 16, 17, 18, 19, 20, 21
ウェルズ, H. G. …… 16, 18, 25
ウルフ, レオナルド …… 21
オースティン, ジェーン …… 19
オーデン, W. H. …… 62
オービー夫妻 …… 71

● か ●

カーペンター, ハンフリー …… 66
『鏡の国のアリス』 …… 68
『楽団の傍らのテーブル』 …… 56
『キツネのレナード』 …… 11
キプリング, ラドヤード …… 27
『クマのプーさん』 …… 4, 5, 12, 29, 34, 44, 47, 48, 51, 61, 63, 72
『クマのプーさんとぼく』 …… 6, 51, 61, 65, 76, 78
『クマのプーさんと魔法の森』 …… 6, 7, 56, 58
『グランタ』 …… 20, 22, 23, 56
『クリストファー・ロビンのうた』 …… 6, 14, 39, 40, 41, 44, 46, 61, 63, 64, 67
グレアム, ケネス …… 52, 53, 54
ケンブリッジ大学 …… 15, 17, 19, 20, 21, 23, 24, 57
「午睡」 …… 29
コッチフォード・ファーム …… 45, 47, 48, 50, 52, 58
『子どもの詩の園』 …… 44, 74
『こどもの情景』 …… 44

● さ ●

サッカレー, ウィリアム …… 34
シーマン, オーエン …… 28, 30, 31, 35
シェイクスピア, ウィリアム …… 25
シェパード, E. H …… 11, 41, 47, 50, 51
「ジェレミーとぼくとクラゲ」 …… 22
自伝『ぼくたちは幸福だった』 …… 6, 14, 16, 18, 19, 21, 22, 23, 32, 39, 40, 42, 48, 55, 58, 62
シューエル, エリザベス …… 70
『シング・ソング』 …… 63
ジングル …… 62, 63, 65
スウェイト, アン …… 6, 10, 13, 14, 18, 23, 44, 50
スウォン, トーマス …… 36, 38
スティーヴンスン, R. L …… 43, 74, 78
『その日の遊び』 …… 27, 36

● た ●

ダーリントン, アン …… 51
ダウド, ジェイムズ …… 50
タウンゼンド, ジョン・ロー …… 4
『たのしい川べ』 …… 52
ダフネ (セリンクール・ドロシー・ド) …… 30, 31, 33, 40, 44, 58
チャンドラー, レイモンド …… 38
ディケンズ, チャールズ …… 19
ディズニー, ウォルト …… 4, 5, 51
『ドーヴァー街道』 …… 36
『年は来たりて去る』 …… 56
ドハーティ, バーリー …… 79

● な ●

ナーサリー・ライム …… 63, 65
『ノルマン時代の教会』 …… 56
ノンセンス …… 50, 62, 67, 69, 70, 71, 72

索引

● は ●

バーカー, グランビル……32
ハームズワース, アルフレッド……10, 25
バトラー, サミュエル……25
バリ, J. M.……27, 32, 35, 54, 75
パロディ……15, 27, 62
『パンチ』……23, 24, 25, 26, 27, 28, 30, 31, 35, 36, 37, 41, 49, 55, 56
ハント, ピーター……66, 73
パントマイム劇(クリスマス・パントマイム)……34, 53
ビアンコ, マージェリー・ウィリアムズ……73
『ピーター・パン』……75
『ヒキガエル屋敷のヒキガエル』……52, 53
「百町森」……45, 61
ファイルマン, ローズ……40
『不意の訪問客ビム氏』……35, 36, 38, 39
『プーさん歌の本』……65
「プーさんとはちみつ」……5
『プーさんのハミング』……65
『プー横丁にたった家』……5, 39, 47, 48, 50, 52, 56, 61, 74, 75
『不思議の国のアリス』……46, 51, 54, 68, 69
フレイザー=シムソン……65
『ブレイズについての真実』……36
ヘミングウェイ, アーネスト……37
ヘンリー・ハウス……8, 9, 10
『ヘンリー・ハウス・スクール・マガジン』……10
ポター, ビアトリクス……73
『ほんとうみたい』……54

● ま ●

マージャリー……28
「マージャリー物語」……28, 29, 30
マリア, サラ……9

ミス・ビー……12
『醜いアヒルの子』……54
ミルン, クリストファー……6, 7, 30, 39, 40, 43, 44, 45, 46, 48, 52, 53, 56, 57, 58, 61
ミルン, ケン……8, 13, 15, 16, 18, 19, 20, 22, 24, 26, 28, 48, 58
ミルン, ジョン・ヴァイン……8, 9, 10, 11, 17, 24, 48
『昔あるとき』……33, 34, 35
『問題というわけではない』……36

● ら ●

ライト・ヴァース……19, 20, 21, 24, 39, 56, 60, 62, 64
ランサム, アーサー……54
リア, エドワード……70
『リーマスおじさんのお話』……11
ルーカス, E. V.……27, 28
ルーズベルト, シオドア……77
ル・メール……44
レーマン, ルディー……23
『ロイヤル・マガジン』……46
ロセッティ, クリスティーナ……63

● わ ●

『ワーゼル・フラメリー』……35

■ **あとがき** ■

　A. A. ミルンの『クマのプーさん』は、平易で愉快な児童文学の傑作と思われている。しかし、作品がそれだけにとどまらないことは、現実に学生たちとこれを教室で読んでみる時にことに実感される。筆者のミルンに関する最初のエッセイ「プーくまの三段論法」（『英語教育』昭和48年8月号、大修館書店）は、教室での体験から書かれた。作品の冒頭のところに、英文学一般に通ずるユーモアの構造を指摘し、あわせて、カメラワークを思わせるモダンな語りの手法や、作品の演劇性などを論じたものである。

　時が流れて、最近教室で読み返した時は、スティーブン・フライ（Stephen Fry）などの読む朗読テープ（Hodder Headline Audiobooks, 1997）に衝撃を受けた。フライの読むプーさんは、伝統的なイギリス喜劇の大人の登場人物そのものであり、E. H. シェパードの挿し絵が思わせる幼児のぬいぐるみの世界とはまるで違っていたのである。ミルンは見かけの軽快さのなかに多層な意味をひめている。

　本書は「その生涯」を谷本が、「作品小論」、「年表」、「参考文献」を笹田が担当した。ただし、すべての箇所について、何度も相互の検討を繰り返した。「作品鑑賞」は、両名の合作である。本書が大いに活用されることを期待したい。

（谷本）

■ 著者紹介 ■

谷本誠剛（たにもとせいごう）
1939年兵庫県に生まれる。東京教育大学大学院英米文学科修士課程修了。静岡大学教授、筑波大学教授を経て、現在関東学院大学文学部文学研究科教授、日本イギリス児童文学会会長。著書に『児童文学入門』（研究社出版）『物語に見る英米人のメンタリティ』（大修館）『宮沢賢治とファンタジー童話』（北星堂）『児童文学キー・ワード』（中教出版）など、翻訳に『ファンタジー文学入門』（大修館）など。

笹田裕子（ささだひろこ）
大阪府に生まれる。英国ウォーウィック大学大学院修士課程修了（児童文学専攻）。清泉女子大学大学院博士課程修了。現在、清泉女子大学英語英文学科非常勤講師。共著書に『英米児童文学ガイド』（研究社）、共訳書に『黄金の川の王様』（青土社）など。

■ 写真協力 ■

『その生涯』原　昌　　『作品小論』中京大学図書館

■ 現代英米児童文学評伝叢書4 ■

A・A・ミルン

2002年10月26日　初版発行
2003年 7月 5日　第2刷発行

● 著　者 ●
谷本誠剛　笹田裕子

● 編　者 ●
日本イギリス児童文学会
谷本誠剛・原　昌・三宅興子・吉田新一

● 発行人 ●
前田哲次

● 発行所 ●
KTC中央出版

〒460-0008
名古屋市中区栄1丁目22-16ミナミビル
TEL052-203-0555　振替00850-6-33318

〒163-0230
新宿区西新宿2丁目6-1 新宿住友ビル30階
TEL03-3342-0550

● 印　刷 ●
凸版印刷株式会社

©Tanimoto Seigo & Sasada Hiroko
Printed in Japan　ISBN4-87758-266-5 C1398
乱丁、落丁本はお取り替えいたします。

刊行のことば

　日本イギリス児童文学会創設30周年にあたり、その記念事業の一つとして同学会編「現代英米児童文学評伝叢書」12巻を刊行することになりました。周知の通り英米児童文学はこれまで世界の児童文学の先導役を務めてきました。20世紀から現在まで活躍した作家たちのなかから、カナダを含め12人を精選し、ここにその＜人と生涯＞を明らかにし、作品小論を加え、原文の香りにも触れうるようにしました。
　これまでにこの種の類書はなく、はじめての英米児童文学の主要作家の評伝であり、児童文学を愛好するものにとって児童文学への関心がいっそう深まるよう、また研究を進めるものにとって基礎文献となるように編集されています。

　日本イギリス児童文学会
　　編集委員／谷本誠剛　　原　昌　　三宅興子　　吉田新一

◆現代英米児童文学評伝叢書◆

1	ローラ・インガルス・ワイルダー	磯部孝子
2	L．M．モンゴメリー	桂　宥子
3	エリナー・ファージョン	白井澄子
4	A．A．ミルン	谷本誠剛　笹田裕子
5	アーサー・ランサム	松下宏子
6	アリソン・アトリー	佐久間良子
7	J．R．R．トールキン	水井雅子
8	パメラ・L．トラヴァース	森　恵子
9	ロアルド・ダール	富田泰子
10	フィリッパ・ピアス	ピアス研究会
11	ロバート・ウェストール	三宅興子
12	E．L．カニグズバーグ	横田順子